支持单位

成都市文学艺术界联合会

出品单位

四川师范大学文学院

成都市李劼人研究学会

四川新文学大系

诗歌编 ·第一卷·

总　编	王嘉陵　刘　敏
副总编	张义奇　曾智中

本编主编	段从学　王学东
副主编	邱域埕　蒲小蛟

四川文艺出版社

图书在版编目（CIP）数据

四川新文学大系. 诗歌编：共四卷／王嘉陵，刘敏总编；张义奇，曾智中副总编；段从学，王学东主编；邱域埕，蒲小蛟副主编. — 成都：四川文艺出版社，2024.8

ISBN 978-7-5411-6545-0

Ⅰ. ①四… Ⅱ. ①王… ②刘… ③张… ④曾… ⑤段… ⑥王… ⑦邱… ⑧蒲… Ⅲ. ①中国文学—现代文学—作品综合集—四川②诗集—中国—现代 Ⅳ. ①I218.71

中国国家版本馆 CIP 数据核字（2023）第 216283 号

SICHUAN XINWENXUE DAXI · SHIGEBIAN（DIYIJUAN）

四川新文学大系·诗歌编（第一卷）

总编　王嘉陵　刘　敏　副总编　张义奇　曾智中

本编主编　段从学　王学东　副主编　邱域埕　蒲小蛟

出 品 人　冯　静
策划组稿　张庆宁
书稿统筹　宋　玥　罗月婷
责任编辑　任子乐　罗月婷
封面设计　魏晓舸
版式设计　史小燕
责任校对　段　敏　付淑敏
责任印制　桑　蓉　崔　娜

出版发行　四川文艺出版社（成都市锦江区三色路 238 号）
网　　址　www.scwys.com
电　　话　028-86361802（发行部）　028-86361781（编辑部）

邮购地址　成都市锦江区三色路 238 号四川文艺出版社邮购部　610023
排　　版　四川胜翔数码印务设计有限公司
印　　刷　成都东江印务有限公司
成品尺寸　148mm×210mm　　　开　本　32 开
印　　张　40.125　　　　　　　字　数　810 千
版　　次　2024 年 8 月第一版　　印　次　2024 年 8 月第一次印刷
书　　号　ISBN 978-7-5411-6545-0
定　　价　218.00 元（共四卷）

编委会名单

编委会主任

梁　平

编委会副主任

王嘉陵　　刘　　敏

总　编

王嘉陵　　刘　　敏

编　委

总序

"奇伟的地方"与"奇伟的文学"

一

　　成都指挥街一百零四号——诗人、音乐家叶伯和寓所,民国十一年(1922)十一月三十日这一天,成都草堂文学研究会推出了一份三十二开的文学刊物《草堂》。主要内容有诗歌、小说、戏剧等,除在省内发行外,还在北京、上海、广州、南京、昆明、苏州、杭州、长沙、武汉、法国蒙柏利(今译蒙彼利埃)、南洋(今马来西亚)槟榔屿等地设有代售处。

　　四川盆地这一声雏凤新啼,引来中国新文学界的凝视和喜悦——

　　茅盾在检视新文学发展的历程时说道:"四川最早的文学团体好像是草堂文学研究会(成都,十二年春),有月刊《草堂》,出至四期后便停顿了,次年一月又出版了《草堂》的后身《浣花》。又有定期刊《小露》(十二年),似非同人杂志。成都以外,泸县(川南师范）有星星文艺社，定期刊为《星星》（十三年），又有零星社的《零星》（十二年）；重庆有《南鸿周刊》（十四年二月）。"①

周作人更有由衷的憧憬："近来见到成都出版的《草堂》，更使我对于新文学前途增加一层希望……对四川的文艺的未来更有无限的向往。我们不必学古今的事实来作例证，便是直觉的也能觉到有那三峡以上的奇伟的景物的地方，当然有奇伟的文学会发生出来。《草堂》的第一期或者还不能当得这个称号，但是既然萌长起来了，发达也就不远，只等候《草堂》的同人的努力了。"②

二

"奇伟"之地的四川，自古就有优秀的文学传统。

郭沫若"奉读草堂月刊第一期"时就"甚欢慰"，"吾蜀山水秀冠中夏，所产文人在文学史上亦恒占优越的位置。工部名诗多成于入蜀以后，系感受蜀山蜀水底影响"③。蜀中前贤常璩《华阳国志》借《易经》卦位，谓蜀："其卦值坤，故多斑彩文章。"

古蜀沃野千里，水系通畅，物产丰盈；险道阻隔，史上战事相对少于中原；汉有文翁兴蜀，化比齐鲁；唐宋时为全国的雕印书籍中心；明人则云："遂惟往记，见蜀山水奇、人奇、文与艺奇，较他处觉多，故剑阁、峨眉、锦江、玉垒，称古今狂客骚人、名流雅士之一大武库焉。"④

---

① 茅盾：《中国新文学大系·小说一集·导言》，原载《中国新文学大系导言集》，贵阳：贵州教育出版社，2014年，第101页。
② 周作人：《读〈草堂〉》，《草堂》，三期，民国十二年（1923）五月五日，上海图书馆藏本。
③ 郭沫若：《通讯·致草堂社诸乡友》，《草堂》，三期，民国十二年（1923）五月五日，上海图书馆藏本。
④ ［明］曹学佺：《蜀中广记·诗话·画苑二录序》，杨世文点校，《蜀中广记》，上海：上海古籍出版社，2020年，第1097页。

由此生发，汉司马相如辞赋标誉天下，晚唐长短句之曲子词始出，滋衍于五代，后蜀《花间》问世，为首部文人词总集，其词作多出自蜀人。唐至明、清，文学巨擘陈子昂、苏东坡、杨升庵、李调元等为文坛留下千古绝唱，李白、杜甫、白居易、杜牧、元稹、张籍、王建、陆游等多不胜数的文人墨客流连蜀中，创作了浩繁巨量的诗词文章。巴蜀高天厚土成为文人云集、文学兴盛的基础。

三

中国新文学因现代国人思想的觉醒而发端、发展和繁荣。"奇伟"之地的四川，在现代的前夜与现代文学的准备、发生、发展过程中，其文学创作实践与文艺理论探索又一次走到了时代前列，形成一支现代文学中"冲出夔门"的劲旅，在文学家数量上占据全国第三位[①]，在新文学发生的地图上，成都被称为新文化运动第三重镇[②]。可以说现代文学史上一系列首开风气的事业都与四川大有关系。在中国新文学时期，四川保持了文学大省的姿态。

具体说来，四川与全国其他地区相比较，无论从社会状况还是从自然条件上看，都有其独特性：

地理位置虽然较偏僻，但知识分子们的思想意识并不保守落后，尤其在新文化新思想的传播中，四川可以与京、沪等中心城市媲美。辛亥革命和"五四"新文化运动，四川都是重要的策源地之一。

四川地区地理位置特殊，处于主流文化与少数民族文化交会的

---

① 李怡：《现代四川文学的巴蜀文化阐释》，长沙：湖南教育出版社，1995年，第1—2页。

② 参见张义奇：《成都：新文化运动第三重镇》，《华西都市报》2015年9月12日。李劼人在《五四追忆王光祈》中指出，"五四"时期"成都真是全中国新文化运动的三个重点之一。北京比如是中枢神经，上海与成都恰像两只最能起反应作用的眼睛"。

走廊地带，反映在文学创作中便呈现出丰富性、多样性和独特性等诸多特征。

全国抗日战争爆发之后，四川成了中国文学和文化最重要的后方之一，它在中国新文学史上的重要意义，怎么评价都不为过。四川以其天险和地理屏障保全了作家的生命，而且更重要的是保存了中国文学的精神薪火和再植灵根。

四川地处西南地区，高山大川，在地理上与其他地区形成显著差异。自古以来，其内敛、务实、坚韧、包容的文化精神，已经融入中华文化的血脉之中。中原文化的许多基因，也通过漫长的历史渐渐地改变着四川文化的形态。彼此互相影响、互相改变的文化发展路径，可能是每一种文化都必然经历的过程。

这种奇伟之地造就的奇伟文学，具有浩远的精神价值和恒久的审美价值，难怪周作人说道："地方色彩的文学也有很大的价值，为造成伟大的国民文学的原素，所以极为重要。我们想像的中国文学，是有人类共同的性情而又完具民族与地方性的国民生活的表现，不是住在空中没有灵魂阴影的写照。我又相信人地的关系很是密切，对于四川的文艺的未来更有无限的向往"。[1]

四

20世纪30年代到80年代，作为新文学革命成果的《中国新文学大系》已经编辑出版过四编[2]，而我们编纂的这套《四川新文学

---

① 周作人：《读〈草堂〉》，《草堂》，三期，民国十二年（1923）五月五日，上海图书馆藏本。

② 赵家璧主编的《中国新文学大系》（1917—1927），由上海良友图书印刷公司出版；上海文艺出版社组织编辑第二编（1927—1937）和第三编（1937—1949），分别于1987年和1990年出版。此外，20世纪60年代，香港文学研究社还在第一编的基础上，出版过《中国新文学大系·续编》，时序与上海文艺出版社所出第二编相近。

大系》，则是一部地域性的新文学丛书。

它涵盖的内容，是自新文学革命伊始至 1949 年四川地区的文学作品，那时的四川，地域辽阔，包括现在的巴渝全境①。

此外，无论四川本土的作家，还是流寓作家，有的声名显于当时，创作了较多优秀的作品，但之后因各种原因被史家淡忘，随岁月流逝而淡出人们的视野，作品亦流失、散佚，难以寻觅，如果不加以搜集和整理，则可能无声息地永久地消逝掉了。

这一点很重要，除了通过搜集、整理，彰显四川新文学的全貌，抢救濒于消逝的一个时代的作品，为后世后人留存备考的文献和文本，也是我们秉承的宗旨和希望达到的目的。

《四川新文学大系》的编纂出版，由李劼人研究会发起。经过差不多七年时间，中间虽然受到疫情的干扰，终告于完成。世事茫茫，黄卷青灯，同仁于此中之艰辛和奉献，将为此奇伟之地留一历史存照。足矣。

五

这部《大系》按照文学体裁和研究专题分为七编，分别为：小说、诗歌、散文、报告文学、戏剧、文学理论与评论和史料。现简述如次——

《小说编》

新文学萌芽阶段，以小说家为代表的四川作家就率先加入了新文学革命的洪流，在时间上并未落后于其他地方的作家。

从 20 世纪初到 20 年代，四川小说家们极其活跃，不但成为新文

---

① 抗战时期，因国民政府西迁，1937 年底重庆定为国民政府陪都。但历史、地理、文化的共同母体，决定了其时的重庆作家仍为川籍作家，因此《四川新文学大系》理所当然包括了这一时期重庆的作家和文学作品。

学革命初期的主要参与者，而且可以说在某种程度上成为较为重要的引领者。

20 世纪 20 年代末到 30 年代，四川新文学小说家井喷似的大量出现，人数众多，创作的作品数量也最多。多数小说家的重要作品都产生于这个时期。

本编收录了四十余位川籍小说家的作品，他们中的很多人都在全国范围内产生过一定的影响，甚至产生过广泛的影响。

编选者学术态度严谨，认为全国抗战爆发之后，从东部沦陷地区来到巴蜀的作家很多，有不少小说创作。艾芜主编的《中国抗日战争时期大后方文学书系》第三编小说共辑录四册，收录了这些小说家的部分作品。因人数众多，且寓居时间长短不一，是否严格属于四川新文学存有争议，故本编对该类寓居于四川的小说家的作品均不作收录。

《诗歌编》

这是一部迄今为止最全面地展示现代时期四川诗歌面貌的选集，在完整地保留新诗史料方面做出了突出的贡献。

编撰者付出的努力有目共睹。这些民国时期的文献史料，搜求十分不易，相当一部分已经湮没或者难以寻觅，但编者竭尽全力，努力寻找，翻阅大量原始报刊，千淘万滤，其数量和质量都有较好的保障，值得充分肯定。

编辑体例清晰，便于读者查阅。按诗人姓氏音序进行编排，使得读者比较容易查询，能够较好地利用这些文献。

《散文编》

相较于小说、诗歌，四川现代散文读者印象淡薄，文献零落，系统研究稀缺，几成无人打望的旷野。问题之所以成为问题，就在于我们对此还缺乏一个起码的回顾与反省，而《四川新文学大系·散文编》的编选，就是努力的起步。

编选者以前贤如周作人、郁达夫所编《中国新文学大系》散文一集、二集为高标和示范；同时以自己的喜爱，以文学价值为首要考量，认为没有选家的眼光和热情的选本，只是产品说明书或名胜导游词而已。

此外，编选者也尽量兼顾了资料的珍稀性。认为一般文学史的描述，自然是有价值的参考；一般文学史忽略的，自然更有关注的理由。

入选作品时间跨度为 20 世纪上半叶，这样整个四川现代散文的潜伏、诞生、发展、高潮、衰变便有迹可循，班班可考。

是以此编以四川本土作家作品为主体，兼顾流寓作家作品。后者情况较为复杂，大致包含其在四川创作的作品、以四川为题材的作品，或与四川有密切关联的作品。

散文编共收录四十余位本土作家一百多篇作品，二十余位流寓作家五十多篇作品。

《报告文学编》

作为中国现代文学的重要组成部分，四川新文学的发展与全国同步，报告文学自然也在 20 世纪前半期历经了发展、成熟的过程。

本编所收录的作品，时间上限不拘泥于一般文学史所认定的新文化运动起始的 1915 年，或是文学革命发生的 1917 年，而是秉承"20 世纪中国文学"的概念，结合四川实际情况，上溯至辛亥革命时期，主要以记述保路运动的作品为重点。

而"五四"时期则以旅欧作家的作品为重点，以此反映川籍留学生在"勤工俭学"大潮中的生存状况和他们直面西方文化时的心路历程。

20 世纪 30 年代，四川作家的报告文学作品已很成熟，李劼人的《危城追忆》、郭沫若的《北伐途次》、范长江的《中国的西北角》、胡兰畦的《在德国女牢中》、刘盛亚的《卐字旗下》等作品是最重要的成果。

除此之外，还有另外一些作品不可忽视，那就是描写自然灾害、山川风物以及社会经济的一类。作者都不是专业作家，但他们的作品既有重大事件反映，也有对社会现状的描述，无愧于报告文学的称号。

抗战时期，川籍或旅川的作家们在民族救亡的旗帜下，以笔作枪，再次以激昂而真切的文字记录着一个伟大的时代。

纵观辛亥以降至20世纪50年代前，四川报告文学作品集中出现的时候，正是中国社会生活重大变故之际，在四川或全国发生的重大事件中，四川作家从未缺席。

本编的作家作品排序，采取了综合的办法，即：首先按照时代和内容分类，然后再按时间先后编排。其中第一卷收录作品从保路运动至"五四"前后；第二卷是大革命至全国抗战爆发前；第三卷是全国抗战及胜利后；第四卷是报告文学作家专卷。

本编收录的作品，有些是新文学史上的名篇，但有相当一部分则从未进入文学史的视野，具有独特的意义。

《戏剧编》

中国的话剧始于清末。曾孝谷是四川成都人，曾在日本与李叔同、陆镜若、欧阳予倩等人共同组织了中国第一个话剧团体"春柳社"，民国初年回到成都后，为改良戏剧，推动话剧发展，他又组建了"春柳剧社"，"春柳剧社"成为"成都话剧的萌芽"[1]。曾孝谷也因此成为四川话剧艺术的奠基人。

20世纪30年代是四川的话剧艺术发展的繁荣时期。四川话剧演出和观赏活动大都局限于文化素养较高的教育界，剧本多为著名作家田汉等人的作品，内容涉及社会生活的方方面面；其次是以莎

---

[1] 参见孙晓芬：《抗日战争时期的四川话剧运动》，成都：四川大学出版社，1989年，第2页。

士比亚作品为主的翻译作品。

抗战时期是话剧在四川的大发展时期。从全国抗战开始，四川的各个抗日救亡团体就排演了许多街头剧、活报剧。从 1937 年 10 月起，先后有全国众多知名演员组成的八个话剧团，分别从上海、南京、武汉、香港等地入川，在各地进行巡回演出，极大地促进了四川话剧的发展。抗战期间，成都的话剧产业日臻成熟，宣传营销手段较之前有了较大提高。

四川话剧从民国初年传入，到抗战勃兴，再到战后沉寂，其间不仅经历了趋新与守旧到针锋相对，还见证了精英阶层与普通市民的分歧疏离。

梳理四川话剧发展的历史，既是对一种艺术形式发展与流变的整理，亦是对民国时期成都社会意识、官民互动乃至现代化变革的透视。

本编所收，以现代原创话剧为主，传统戏曲改编的戏剧、翻译剧及其基础上改编的戏剧不录。

四川新文学时期话剧剧本很多，搜集完全颇为困难，本编所收均为在四川出版、创作或公演的具有一定影响力的本子。

《文学理论与评论编》

巴蜀文艺思想自古以来亦独树一帜，中国文学史上几次较大的文风变革均有巴蜀人参与其中，司马相如、扬雄、陈子昂、李白、苏轼等均有创造引领的历史伟绩。

到了近现代，四川的文学创作实践与文艺理论探索又一次走到了时代前列。

"五四"时期，巴蜀文学家表现不俗，在文艺思想、理论建构方面做出了重要成绩。他们在大多数文艺思潮论争中都发出了自己的声音，积极参与时代话语的建构，提出了独特的看法，在很多领域开一代风气；从思想到工具论到审美，到文学的各要素等都有论述，较为全面；此外还关注到文学创作的主体性。

在接下来的第二个十年、第三个十年里，四川文艺理论依然走在前列。如从文学革命到革命文学的转折中，李初梨、郭沫若、阳翰笙的文学理论产生了重要的影响；在抗战时期，陈铨、邵荃麟等都提出了自己独特的文艺主张。

现代四川文艺理论的总体特征是群体效应明显、积极参与介入意识较强，既有富有青春气息的反叛精神，又有保守中庸的中正平和之姿；既有本土立场又有国际视野，在中国文论的现代转型建构过程中做出了不可忽视的贡献。

然而，这些成就往往被忽视、被遗忘、被湮没，编者梳理了其中主要原因：

一是中心与地方关系，过去的文学史主要是一种线性的时间观，空间意识还不够，没有充分意识到地方、地域的重要性，地域性的文学史还不多，地域文学的重要性正在发掘中。

二是部分学者身份复杂，而文学史书，甚至文学研究有很多禁忌。

三是与巴蜀学者大多数中庸、中立甚至偏向稳健保守的态度、主张有一定关系，后来的评价更多的是看到、肯定新文学中的激进派，而对中立的、保守的价值的发现与重估较晚。

但现代文学的地域版图研究逐渐成为一个学术生长点，"文学史研究的'空间'阶段已经到了"①，因此关注现代四川文艺理论，还原丰富的历史，是一种追求与尝试。

现代四川文艺理论研究、文献结集尚不多见，本编搜集了一百三十多位现代川籍文学家、文艺理论家的相关论著，最终筛选出四十多位作者具有代表性的文学理论及评论文章，编为四卷，大致展示了这一阶段四川文艺理论及评论的主要面貌，展现了中国文论现

---

① 参见李怡为彭超《巴蜀作家与中国现代文学的发生》所作序，北京：中国社会科学出版社，2014年，第4页。

代转型过程中的四川话语与建构。

《史料编》

与星光璀璨的四川现代作家群相对应的是，对四川现代作家的研究却乏善可陈，除巴金、李劼人、郭沫若等少数作家外，不少川籍作家的研究还有很大的空间，本编为此做出了有益的探索。

近代尤其是抗战时期，巴蜀各种文学自救活动此起彼伏，谱写了一曲曲悲壮的抗战战歌。报刊创办如火如荼，副刊成为文艺宣传的主要阵地之一。

文学社团、文艺报刊遍地开花。四川现代文学的中心当仁不让是成都和重庆，其他市县也绽放出了自己的光彩。

繁荣的出版业，为四川文化的发展提供了很好的物质条件。社团、期刊兴办多，关闭多。不少文艺团体和期刊存在的时间都不长，短的几个月，长的也就几年时间。出版家和文人队伍的兴起，为四川新文学的发展，提供了人才保障。

本编从浩繁零散的资料中去钩沉这些四川现代文学的荣光，较为清晰地厘清了其中的发展轨迹。分为：文学社团史料、作家小传、文学期刊、报刊副刊、新文学创作总目、新文学大事记及索引等内容，为四川新文学的研究者提供了基础的资料或线索。

六

《四川新文学大系》由谭光辉、张义奇、曾智中、段从学、蒋林欣、付玉贞、王菱、王学东、吴媛媛、谢天开、刘云、闫现磊、吴红颖等分领各编。他们之中有作家、学者、教授、研究员、博硕导师，有文学领域的新秀，从事四川本土文学的整理有较好的基础。《大系》的执行编委张志强亦认真负责地做了较多编务和联络工作。大家勠力同心，其利断金，终成正果，令人欣慰。

这部《四川新文学大系》在审稿过程中，即获得学界的好评，这应该是对各编主编和参编者最好的褒奖。李怡、陈思广、邓经武、廖全京、妥佳宁等专家在本书的选题立意、编辑体例、作家和作品的筛选，以及提示漏选的文学家和作品诸多方面，贡献了很专业的意见。李怡认为，这套书"选题和编撰本身就是对百年四川新文学史的比较完整的呈现，这一工作极具历史价值和现实意义"。谈到《诗歌编》，认为"这是一部迄今为止最全面地展示现代时期四川诗歌面貌的选集，在完整地保留新诗史料方面做出了突出的贡献"。妥佳宁则认为《散文编》"从篇目的选择标准和范围看，编者的专业水准极高"。陈思广评《小说编》："所选作家及作品系统且具有代表性，能够全面地反映四川自新文化运动以来小说发展的基本面貌，也在总体上能够代表四川新文学小说方面的创作实绩，选目准确、系统，值得肯定。"邓经武充分肯定《报告文学编》"对早期的文白夹杂的极少数作品则视其内容重要性而定"的原则，同时，支持选取流寓四川作家所写四川故事，以"突出四川社会某个方面特征"，认为凯礼的《巴蜀见闻录》等，就选得很好。

所有这些，作为总编，秀才人情纸半张——我向他们致以深深的谢意！

七

成都市文学艺术界联合会、四川师范大学文学院、四川文艺出版社的领导和相关人员，自始至终在《四川新文学大系》的立项、资金和出版方面给予了积极的支持，在此也表示诚挚而真诚的感谢！

王嘉陵

前　言

　　1917 到 1949 年间的现代四川诗人，不仅一开始就投身并引领了新文化运动的历史潮流，自觉地参与了推动传统中国的现代性转型，创造未来理想"新中国"的社会历史进程，而且自觉地投身并引领了新诗自身的历史潮流，积极参与了中国现代新诗的历史与形式的现代性进程，在中国现代新诗的发生、发展和确立等历史环节中，发挥了不可或缺的奠基性作用。

　　短短 32 年的时间里，现代四川新诗人创造了比以往任何时代都要辉煌得多、丰富得多的历史实绩。

一

　　第一个十年间的四川新诗，主要是通过组织新文化和新文学社团来展现自身的历史存在，以"异军突起"的形式登上历史舞台的。创造社、少年中国学会、浅草—沉钟社，以及本土的成都草堂文学研究会，是当时最重要，也最活跃的几个社团。

单以时间而言，郭沫若不是文学史上最早尝试新诗写作的人。第一批白话新诗一共九首，出现在1918年1月15日出版的《新青年》第4卷第1期上，作者三人：胡适、刘半农、沈尹默。一年又八个月之后，1919年9月11日的《时事新报·学灯》副刊上，发表了郭沫若的《鹭鸶》《抱和儿浴博多湾》两首新诗，他才"第一次看见自己的作品印成了铅字"①。诗集《女神》，更是迟至1921年8月，才由泰东书局出版。在此之前，上海新诗社出版部1920年1月推出了《新诗集（第一编）》，上海亚东图书馆1920年3月出版了胡适的《尝试集》，上海崇文书局1920年8月出版了许德邻编选的《分类白话诗选》。远在成都的叶伯和，和一直不被承认为"新诗人"胡怀琛，也分别于1920年5月和1921年3月出版了《诗歌集》和《大江集》。

但郭沫若仍然无愧于"开一代诗风"的历史巨人。他的《女神》，今天回头来看，也的确可以说是第一部真正的新诗集。

《女神》的"新"，首先体现在形式上。郭沫若彻底打破了旧诗的体式和气息，以前无古人的创造精神，以自由而丰富的形式，展示了新诗"可以而且应该这样写"的诱人前景，把诗情的多样性和形式的多样性完美地结合起来，开创并确立了内容决定形式、内容与形式相互生发的现代新诗形式机制。与之相应的是，《女神》为中国诗歌带来了真正的"新元素"，带来了中国传统文化里所缺乏，而又为现代中国所必需、所急需的"时代精神"。认定郭沫若才是第一个真正的新诗人的闻一多，从动的精神、反抗与革命的精神、科学的成分、世界性的人类意识、绝望与消极的颓废五个方面，指

---

① 郭沫若：《我的作诗的经过》，1936年11月《质文》第2卷第2期。

出了《女神》所特有的"时代精神"。① 朱自清更进一步，以整个的中国文化和中国诗歌为参照，指出了泛神论和 20 世纪的动的和反抗的精神，"是我们的传统里没有的"新东西，充分肯定了郭沫若及其《女神》的重大历史意义，并从浪漫主义与感伤主义两个方面，指出了郭沫若在随着现代性而展开的世界文学史上的位置。②

可以说，郭沫若和他的《女神》，第一次把被现代性发明出来的个人确立为文学艺术的源泉，并为这种全新的观念找到了相应的文学形式、创作观念和阅读程式，为中国现代新诗的发生和建立，奠定了完整的历史形式。诗人随后的"转向"和发展，也都是以这个被新诗所发明并固定下来的个人为立足点，并且始终循着现代性自身的轨辙展开的。历史发明了新诗，而新诗对未来的想象，又反过来参与了改造和制作"新历史"的能动实践。新诗因此不仅关联着"诗"本身，更重要的是，它还关联着，甚至本身就是"史"。这种"诗"与"史"的复杂纠缠，既是新诗之为新诗的独特品质，也是它至今仍然没有被单纯的"诗"所吸纳，仍然闪耀着"诗"之外的历史光辉的根源。

创造社的另一位重要川籍诗人是邓均吾。他的组诗《白鸥》《心潮篇》等，以鲜明的浪漫主义风格，丰富了创造社的浪漫主义文学创作实绩。

少年中国学会的康白情，也是"五四"时期产生较大影响的川籍诗人。他从事新诗创作的时间不长，却以彻底的解放精神，充分发挥了现代白话口语音节自然的特长，在写景、抒情、纪游等方面，都取得了很高的成就。在说理的风气盛行的时候，他以白描式的写景为特色的《江南》《和平的春里》等诗，给诗坛带来了质朴、

---

① 闻一多：《〈女神〉之时代精神》，1923 年 6 月《创造周报》第 4 号。
② 朱自清：《导言》，《中国新文学大系·诗集》，上海：上海良友图书公司，1935 年，第 5 页。

自然的清新之风，当时就引来了各式各样的赞誉。朱湘、梁实秋称赞他的写景和描写，朱自清看重他的抒情，胡适看重他的《庐山纪游》。① 但废名从音乐天才的角度立论的说法最为精当，也顺便解释了《草儿》何以会有不少政治诗，以及诗人很快淡出诗坛，走向了实际的政治活动的原因："康白情的《草儿》在当时白话新诗坛上可谓一鸣惊人，正是作者的音乐才能忽然得到一个表现的利器，没有白话新诗，这个才能便压抑下去了，他既不是小说的天才，不能像《儒林外史》《老残游记》一样的写景，一旦他以《儒林外史》《老残游记》写景的笔墨来写白话新诗，于是若决江河沛然莫之能御了（这河流又是不能长久的）。"② "五四"和白话新诗为他提供了展示才情的历史机缘，诗人也不负时代，在初期白话新诗史上留下了自己的华彩篇章，成为新诗运动的先驱者之一。

王光祈和周太玄也是少年中国学会成员中创作比较活跃的川籍诗人。后者的《过印度洋》，至今读来仍然历历在目，轮廓分明而色彩清晰，充分展示了现代诗与现代性生活情境之间的亲密关联。

"五四"新文化运动退潮之后，中国新诗开始从运动式的群体活动，转入了更深入，也更注重自身建设的内在化发展阶段。北京、上海两地一批厌倦了口号式纷争的大学生，组织了浅草—沉钟社，决心以实实在在的创作实绩促进新文学的发展。林如稷、陈炜谟、王怡庵等川籍学生先后加入其中，写出了社会的苦难和个人的苦闷。林如稷的《狂奔》和《长啸篇》，既是个人苦闷的流露，又反映了"五四"退潮之后的时代之病，具有鲜明的历史特征。陈炜谟主要从事小说创作，《甜水歌》是他为数不多的诗作，也是直接描写四川战乱带来的苦难，把抒发个人苦闷和控诉现实苦难结合在一起的诗篇，

---

① 参见孙琴安：《康白情》，《现代诗四十家风格论》，上海：上海社会科学院出版社，1987年，第45—51页。
② 废名：《草儿》，《论新诗及其他》，沈阳：辽宁教育出版社，1998年，第85页。

回响着郭沫若《凤凰涅槃》对黑暗宇宙和世界的激越控诉，却比后者多了写实的成分。

除了这种以北京、上海等地的高等学校和文化机构为依托的"在别处"的写作，以成都草堂文学研究会为代表的"在本地"的写作，也是现代四川新诗发展中的不可忽视的重要环节。以"成都草堂文学研究会"的名义出版的综合性文学刊物《草堂》，名为月刊，实际上是不定期出版物。1922年11月创刊，1923年11月15日出版第四期后停刊。实际负责编辑和出版事务的，是成都华阳书报流通处的创办人叶伯和。主要的新诗作者，除叶伯和外，还有陈虞裳、张拾遗，以及署名"佩竿"的巴金。这个地方性的文学刊物，曾引起了远在北京、上海的周作人、茅盾、郭沫若等人的注意，在文学史上产生了一定的影响。

他们的创作，应和着"五四"新文化和新文学潮流，以关注社会黑暗和倾诉个人感伤为基本内容。形式上有两点值得注意：第一，不少作品带有浓厚的旧诗气息，带有浓厚的新旧杂糅的过渡时代特征。第二，另一部分作品，尤其是主持人叶伯和的《诗歌集》，明显脱胎于晚清以来新式教育中的"学堂乐歌"，潜含着新诗发生的另一条历史线索。

二

20世纪30年代的现代四川新诗，继续沿着"在别处"和"在本地"两条轨辙，把"五四"新诗的现代性思想逻辑，转化成了明确的历史实践，并为这种实践找到了相应的诗学形式。郭沫若和后期创造社的"转向"，率先把动的精神和反抗的精神，转化成了目标明确、组织严密的革命文学运动，在以鼓动宣传为最高目标的现实主义新诗里，获得了自身的历史形式。感伤主义的一面，则演化成了对个人反复地、精致地琢磨和自我抚摸，在现代派的艺术王国里找到了安身立命之所。对诗艺的雕琢和关注，建构精致的"苦闷的象征"世界，变成了现代性个人自我建构、自我安顿的一种历史形式。而因过度的"解放"和"自由"带来的对"新诗的形式"问题的关注，则在此之前就已经通过各种形式建设的实验，暗中转化成了新诗自身的历史性前提之一，变成了现实主义新诗极力想要打破，现代派则极力想要保存下来的共同镜像。

郭沫若的《恢复》《前茅》两部诗集，影响虽不如当初的《女神》，而且残留着先驱者的粗糙，但从引领和开创无产阶级革命文学大潮的角度看，其历史意义仍然不容小看。在随后的左翼现实主义诗歌运动中，柳倩、张天授、李华飞等一大批川籍诗人纷纷投身其中，自始至终参与了从反抗社会一般性呼喊，到反抗日本侵略者的战斗之歌的历史发展过程，为中国现代现实主义新诗做出了自己的历史贡献。

与之相反的何其芳，在精致冶艳的艺术王国里，安置了个人的苦闷和感伤，精心雕琢和营造艺术世界的行为，不是"为艺术而艺术"，而是"为现实而艺术"。区别于左翼诗歌的，只是它"为现实"的方式：为逃避现实而艺术。诗人后来说得很清楚：

> 真实的人间教给我的完全是另外一些东西。当我是一个孩子的时候，我已完全习惯了那些阴暗，冷酷，卑微，我以为那些是人类唯一的粮食，虽然觉得粗粝，苦涩，难于吞咽，我也带着作为一个人所必需有的忍耐和勇敢，吞咽了很久很久。然而后来书籍给我开启了一扇金色的幻想的门，从此我极力忘掉并且忽视这地上的真实。我生活在书上的故事里，我生活在自

己的白日梦里，我沉醉，留连于一个不存在的世界。①

这段话，不仅解释思想，也解释了诗人在营造精致冶艳的艺术世界时，之所以大量取材于神话、传说、外国文学作品等"书上的故事"的原因。唯一需要补充的是，这个世界虽然不存在，但却有意义，它成功地把现代性的自我，封闭在了他自己创造出来的镜像世界里。何其芳后来勇敢地打破了这个镜像世界，走向了延安，走向了真实的世界，但并不妨碍更多的人继续走进并永远地住在了这里。说到底，人类永远需要一面镜子，永远需要一个镜像世界来确立和安顿自己。镜子的变换，并不能改变这个事实，反而强化了这事实，把它变成了看不见的透明之物。

围绕在何其芳周围，或多或少有些"何其芳气"的，还有方敬、曹葆华、陈敬容，以及更早一些的朱大枬等人。朱大枬、曹葆华从新月派入手，格律严谨，形式整齐，讲究修辞和格律。但他们似乎没有注意到闻一多的格律理论背后，隐含着对"个人"与"秩序"之关系的方式和新认识："秩序"是一种超越"个人"之外，而不是由"个人"设计和创造出来的人工制品。这种古典性的"秩序"观，才是"三美"理论的最终根源。朱大枬的苦闷和感伤，曹葆华昂首向天的喝问，不仅都以"个人"的绝对权力为根据，而且本身就是伸张这种绝对权力的形式。所以很自然地，严谨的格律和整齐的形式，并没有把曹葆华一肚子的不平之气转化为古典主义的平衡之美，反而因为外在的压缩和收束，逐渐将其锻造成了左翼诗歌的战斗和反抗。全面抗战爆发后，曹葆华也很快循着"何其芳道路"走向延安，成为一名马列主义战士。

---

① 何其芳：《街》，《何其芳全集》第 1 卷，石家庄：河北人民出版社，2000年，第 262 页。

和一般现代派诗人一样，方敬也写个人的孤独和寂寞，但不像何其芳那样带着绝望。他有些自我把玩、自我回味的顾影自怜，但境界开阔，意象也比较具体、坚实，不完全是主观营造的心象。所以他在全面抗战爆发后的转变，就不那么引人注目，好像是自然而然的事。可以说，他一开始就有把主观情感转化成客观对应物的意识，注意把个人感情凝固在大街、树木、飞鸟之类的客观意象上。这种艺术追求，塑造了他向外看、注意客观世界的实在性与多样性的诗学旨趣，对他抗战后的现实主义转向产生了潜移默化的影响。反过来看，他抗战时期的现实主义创作，也因此总是带着一点内在的升华，一些沉思和哲理化的气味，不完全那么实。

陈敬容被当作九叶诗人，很有可能是一个偶然的误会。20世纪30年代中期她在曹葆华的引导下开始诗歌创作，很快显示了极高的艺术天分和独特的个人风格。她善于捕捉生动、具体、直观的意象，将意象从周围环境中剥离出来，在宏大、开阔的宇宙空间重新组织和建构诗意空间。生动具体的意象，空灵的大境界，和跳跃性强、跨度大的组织方式，自始至终都是她最鲜明的艺术特色。与之相应的，是饱满的内在激情和急促的节奏，往往让节奏和语气，而不是意义的转换和组合直接把她的诗情推向最后的顶点。除了20世纪40年代后期在上海的部分诗作，直接的抒情、火爆急促的节奏，以及直接越过社会历史语境面对宏大的宇宙和世界的空灵，一再向读者表明：与其说是现代主义，倒不如说她是不折不扣的浪漫主义诗人。

除了北平、上海等全国性文化中心城市的作者，以成都为中心的本土诗人的创作，也有了较大的发展。周无、李劼人等在"五四"新文化运动中成长起来的新式知识分子返回四川后，大多进入学校、报社等文化机构，逐步开始对青年学生产生影响，缓慢地推动了现代四川"本地"诗人的创作。以泊和钟朗华就是两个典型的例子。

以泊本名孙鸥，是李劼人在成都大学任教时的学生，他曾用"以泊"的笔名在李劼人主编的《新川报》副刊发表诗作，后不幸因病早逝。钟朗华也是李劼人的学生，后在李劼人的帮助下，在上海大夏大学等校学习。在校期间"游而不学"[①]，创办《诗经》，以没有特色为特色，旧诗、新诗、词曲兼收并采。刊物还别出心裁，以旧诗和新诗两大版块轮流占据版面先后位置的特殊方式，表示毫无成见，对旧诗、新诗一视同仁。李劼人在这里发表了他的艳情诗，陈柱尊、柳亚子等旧派文人发表了千篇一律的旧体诗，钟朗华本人更是身体力行，新诗和旧诗轮流刊出。在中国现代诗刊史上，生硬地制造了一个小小的奇观。

另一方面，现代四川中、高等教育的发展，也逐渐孕育和催生了一批新诗爱好者和写作者，他们模仿和借鉴北京、上海等地的经验，组织起来，以自办校园刊物的形式，发出了自己的声音。1934年以后，随着军阀防区制的结束和四川的统一，四川大学完成了国立化，刘大杰、陈衡哲等兼具新文学作者身份的学者，逐渐在保守而陈腐的旧文化、旧文学营垒中获得了一定的位置，创办了《前进》等刊物。刊物虽然仅出六期，"就不能'进'了"[②]，但对四川大学新文学氛围的形成，起到了重要作用。抗战时期仍然坚持活动的四川大学文艺研究会，就是这个时候组织起来的，李伏伽、陈思苓、林茜等有一定影响的本地青年诗人，也开始崭露头角。

这个时期最活跃、最热心的本地作者，毫无疑问是戴碧湘。这个后来以话剧工作者著称的文艺青年，不仅创办了《四川文学》，

---

① 李劼人：《致王介平》，《李劼人全集》第10卷，成都：四川文艺出版社，2011年，第26页。

② 周文：《文艺活动在成都》，《周文文集》第3卷，北京：作家出版社，2011年，第191页。

而且积极参与了《文艺》《极光》等文艺刊物的编辑、出版活动。最重要的是，他创办了四川现代文学史上第一个诗歌刊物：《诗风》。该刊创刊于1936年3月，半月刊，署名"诗风社主编"，成都开明书店发行。主要作者除戴碧湘外，还有水草平、方极庵、丙生等人。目前所能见到的最后一期，是1936年4月20日出版的第三期。此外，在羊角、田家英等几位中学生创办的校园文学刊物里，也不时可以看到戴碧湘的身影。

与此同时，李华飞等主持的《春云》文艺月刊，也于1936年12月在重庆问世。该刊虽然不是专门的诗歌刊物，但也发表了不少本地青年作者的诗篇。最重要的是，在李华飞的筹划下，《春云》还刊发了袁勃、蒲风等不少非川籍诗人的作品，逐渐从以地方作者为主体的文学刊物，演化成全国性的文学刊物，最终汇入了抗战文学的历史大潮。在这个意义上，《春云》可以看作是20世纪30年代四川新诗发展的一个缩影：从"冲出夔门"，汇入以平津、上海为中心的文坛的单向发展，开始转变为全国性的文学中心，为新时代的到来铺平了历史道路。

三

早在1935年前后，国民政府就决定把四川作为抗日战争的大后方和最后根据地，并开始了相应的筹划和建设。"民族复兴根据地""勘察加"之类称号，就是在这样的背景下，成了四川的代名词。全国抗战爆发后，原来聚集在北平、天津、上海、南京等沿海口岸地带的文化人，随着各自的党政机构、文化团体和社会组织纷纷西迁，进入以四川为中心的西南大后方。四川，从偏僻而远离文化中心的边缘地带，一跃变成了战时中国的核心区域。"国家不幸诗家幸",现代四川新诗,也因此进入了自己的黄金时代。

新文学的发生、发展与确立,与现代教育制度的发生、发展与确立密切相关。晚清以来的新式教育,培养了新文学作者,也为新文学贡献了最大数量的读者群体。对四川这样现代商业文化不发达的内地省份来说,新式教育和教材,还是传播新文学的一条重要渠道。1938年,全川仅有应届高中毕业生1332人,初中毕业生6144人,[①] 全川174所公立中学,在校学生74671人,加上32所私立学校的5306人,总计还不到80000人,[②] 和当时的全省人口总数相比,落后相当严重。新文艺的作者和读者数量稀少,以及随之而来的水平低下,也就不足为奇了。1937年成立的成都文化界救亡协会,号称囊括了成都各行业的文化人士,其中从事文艺工作的,"仅仅才二十几个人",其中大多数只能算是刚和文艺接触不久的爱好者,"都还在过学生生活"。[③]

也正因为此,抗战期间内迁四川的大量中、高等学校,也就成了现代四川新文学和新诗发展最直接的推动力。一方面学校为李广田、方敬、何其芳、曹葆华、卞之琳、罗念生、陈铨这些战前就已经开始新诗创作的文化人士提供了继续从事教学、研究和写作的文化空间,扩大了现代诗学新诗的文化土壤。另一方面,大量的青年学生和文艺爱好者,也反过来得到继续保持和发展他们的爱好,专心从事新诗创作的文化空间。

中等学校里,以从山东经河南、湖北、陕西一路辗转西迁到川北德阳、罗江等地办学的国立第六中学最为典型。李广田、方敬、

① 四川省档案局编:《四川二十七年中学毕业生统计》,《抗战时期的四川——档案史料汇编》,重庆:重庆出版社,2014年,第1601页。
② 四川省档案局编:《四川省历年公私立中等学校概况表》,《抗战时期的四川——档案史料汇编》,重庆:重庆出版社,2014年,第1604—1605页。
③ 周文:《周文致胡风的信·1938年2月6日》,《周文文集》第4卷,北京:作家出版社,2011年,第196页。

陈翔鹤等人在这里创办的校园文学刊物《锻冶厂》，培育出了孙跃冬、贺敬之、白莎、赵枫林、朱健等一批活跃的青年诗人，构成了战时中国文坛上的一个"奇景"①。成都本地的成属联合中学、南薰中学、协进中学等校的初高中学生，则在何其芳、曹葆华等人的影响下，从开始写诗到自己组织"平原诗社"，发展成了四川本土第一个有全国性影响的新诗群体。②陶行知实验特殊教育的育才学校，则或长期或短期为邹绿芷、力扬、艾青等诗人提供了生活的立足点，走出了炼虹这样特殊的诗人。20世纪40年代后期的浦江中学，则为杜谷、芦甸、葛珍等青年诗人提供了在教学之余继续从事新诗活动的社会空间。③万县、西昌、康定等地断断续续出现的新诗刊物或新诗作者群，也与战时四川中等教育的迅速发展密切相关。

高等学校里的新诗群体及其创作活动，则更为活跃，更为广泛。战前就已经成立的四川大学文艺研究会，抗战时期变得更为活跃，出现了李岳南这样既有创作才能，又热心社团组织和诗歌出版活动的新诗人。从武汉迁到乐山的武汉大学，则因为朱光潜、戴镏龄等人的现代英诗课而出现了蒂克、邹绛等诗人，创办了《诗月报》等在西南大后方产生了一定影响的新诗刊物。川北三台的东北大学，也因为冯沅君、姚雪垠等新文学作家的缘故而成立了中华全国文艺界抗敌协会三台分会，让新文学活动和新诗创作的风气得到充分的发展，为《山谷诗帖》等专门刊物的诞生提供了土壤。重庆北碚的复旦大学，则在靳以、胡风等人的支持和引导下，成为绿原、曾卓、姚奔、邹荻帆等《诗垦地》同人的大本营。就连在听起来与新诗关系极为疏离的中央军事学校、政治学校里，也活跃着林

---

① 《文坛小景》，1939年3月1日重庆《大公报·战线》副刊。
② 段从学：《中国·四川抗战新诗史》，北京：中国文联出版社，2015年，第260—268页。
③ 杜谷：《在浦江的鹤山上》，《杜谷诗文选》，成都：四川文艺出版社，2016年，第156—158页。

咏泉、深渊、绿蕾等一批青年诗人，共同营造了战时四川新诗的空前繁荣。高等学校的分散化，让四川现代新诗，乃至整个中国现代新诗走出了战前那种只集中在少数几个文化中心城市的狭小格局，促使现代新诗在乐山、三台、白沙这样的小城市也生根发芽，充分展示了现代四川新诗的全盛景象。

与这种全面繁荣的景象相呼应的是，大量国民政府党政机构、文化团体、社会组织和出版机构，也随着战时政治中心的转移而迁至重庆、成都等地，为新诗的写作和发表提供了充足的文化空间。以期刊而论，《抗战文艺》《文学月报》《七月》《文艺先锋》《中国文艺》《时与潮文艺》《中原》等全国性的大型文学期刊，使得四川当之无愧地成为战时中国的文学中心。报纸方面，《大公报》《新华日报》《中央日报》《新民报》《时事新报》《益世报》等全国性大报相继迁至重庆出版，再加上本地原有的《华西日报》《国民公报》《新蜀报》等也大加革新，纷纷推出了个性鲜明的新文学副刊，为四川新诗的发展与繁荣提供了前所未有的广阔的发表园地。

随着大量中、高等学校和各种文化、出版机构的新诗人或长期或短暂地在四川停留、生活、工作，他们将自己的写作转化成了现代四川新诗的重要组成部分。艾青从广西辗转来到重庆，在育才学校任教期间，写下了《夜》《那边》等短小精致而意味深长的诗篇。抗战后期从第五战区返回大后方的臧克家，在歌乐山完成了诗集《泥土的歌》。从延安返回四川学习的玉杲，在重庆歌马场的社会教育学院完成了著名的叙事长诗《大渡河支流》。力扬的名篇《射虎者及其家族》，初次在《文艺阵地》发表时，末尾明确写着"一九四二，诗人节后一日写完于陪都"。战前和战后都不曾专门从事新诗写作的老舍，也在这个时期写下了长诗《成渝路上》和《剑北篇》。

更重要的是，对不少从东部口岸地带西迁入川的诗人来说，四川还发挥了重新塑造他们的诗学观念的内在作用。"在路上"的流亡和旅行经验，把他们从空洞的"印刷现代性"世界里解放出来，在特殊的地理、人文景观和战时生活经验里，重新发现、重新塑造了个人的主体意识，促成了以本土化和民族化为特征的中国新诗的第二次现代性发生。第一次现代性的核心，是向西方寻找真理，寻找救国救民的道路，而抗战时期的新诗人，则在中华民族自身，在普通民众身上发现了民族国家的希望。在阿垅的笔下，川江上的《纤夫》肩负着的不是简单的货物，而是拖着中国这只"古老而又破漏的船"前进，拖拽着灾难深重的中华民族一寸一寸地走向胜利，走向"那一轮赤赤地炽火飞爆的清晨的太阳"。邹绿芷的《纤夫》则更进一步，把纤夫们不屈不挠的呼喊，升华成了人类在和大自然的抗争中夺取自己的生存，获得自身命运的永恒象征。四川的人文景观和生活经验，在成为他们的抒情对象的同时，也深刻地塑造了他们的思想和情感，让他们在普通民众身上看到了中国抗战必胜的希望，发现了中华民族新生的力量之所在。四川，从一个沉默的地理名词，变成了能动的诗学力量，变成了中国新诗第二次现代性发生中的关键性力量。

四

四川从偏僻的边缘地带一跃而变为战时中国政治、文化中心的事实，迅速且极大地提高了"本土"诗人的文化自信，给现代四川新诗的发展带来了两个直接而深远的影响。

首先，它改变了四川在现代新诗史上落后、黑暗、野蛮的文化形象。中国新诗的第一次现代性视野中，存在着一个西方高于中国、中国的沿海口岸地带高于内陆腹地的等级秩序。在这个等级秩序的作用下，距离西方——当然是文化，而非地理上距离——越近，现代化程度和文明程度就越高；反之，则越是落后。上海这样离西方最近的口岸城市，因此而成了最"摩登"，现代化程度和文明程度最高的地方；而成都、重庆这样远离西方的内陆城市，则成了最保守、最落后、最黑暗的地方之一。就像从口岸上海到欧美成了中国知识分子寻求光明、追求真理的必由之路一样，从成都或重庆到上海，也就成了四川"本地"知识分子寻求光明、追求真理的必由之路。

这当然不能说没有相应的客观历史事实和相应的历史合理性。但一个城市的文化形象，从来就不是单纯的客观历史事实问题。特定的文化心理，在想象和建构城市文化形象中的能动作用，也是其中的关键要素。以成都为例，何其芳、陈敬容等看到的是一个腐朽、愚昧、自私的"罪恶之都"，而后来的老舍等人看到的则是中国的、可爱的"古都"，这明显地属于文化心理，而不是成都本身的客观历史事实发生了改变。

抗战时期成长起来的蔡月牧、杜谷、白堤、范方羊等成都"本地"青年诗人组成的平原诗社，有意识地对何其芳等人留下的"罪恶之都"展开辩驳性书写，最终将成都改写成了丰饶、富足、可爱的人类生活家园，更完整地展示了抗战时期的特殊历史地位带来的文化自信对现代四川新诗创作巨大而深远的历史影响。[①] 因长期军阀混战而败坏了的四川形象，在抗战时期得到了修复，成都平原传统的农耕文明，也因为对中国抗战的巨大历史贡献而重新焕发了时代光彩。

其次，是促成了抗战后期和解放战争时期的四川"方言诗"创

---

① 段从学：《中国·四川抗战新诗史》，北京：中国文联出版社，2015年，第289—320页。

作潮流的兴起。诗歌是语言的艺术，比任何一种艺术形式都更直接、更亲密——当然也可说更严重地依赖于语言。四川成为战时中国政治、文化中心的事实，极大地弱化了四川方言与"国语"之间的心理距离，让两者之间发生了前所未有的密切的日常交流和互动。以抗战初期的通俗文艺和抗战后期的人民文艺两大思潮为形式中介，四川方言开始越来越多地对中国现代新诗发生影响，最终促成了黄友凡、沙鸥、野谷等人的"方言诗"创作。这股潮流，发端于《新华日报》对大后方人民文艺运动的想象和设计，一直延续到20世纪40年代后期上海的《新诗歌》《新诗潮》《人民诗歌》等以大众化和现实主义为号召的新诗潮运动，最终和解放区的民歌体新诗一起汇入了新的人民文艺的历史大潮，对中国当代新诗的形成产生了积极而深远的影响。

编选凡例

一、本书收录 1915—1949 年间的四川籍诗人及非四川籍诗人寓居四川期间创作的现代新诗。

二、本书所谓川籍诗人，包含两种情况：第一是本人出生地为四川者；第二是虽出生于外省，但后来定居四川者。

三、极个别生平无法考辨，但从刊物出版等情形，可断定为川籍诗人者，亦酌情收录。

四、本书所说的"四川"，包含当时曾经是独立存在的行政区域，中华人民共和国成立后并入四川的西康省，以及当时属于四川，但现在是独立行政区域的重庆市。

五、酌情收录通俗新诗作品，但不收录同时期的古体诗、散文诗和民间歌谣。

六、对成就知名度较大，且其诗作出版流传较为广泛的诗人，挑选稍严，以收录精品和代表作为原则；对知名度不高，但确有特色的诗人，则稍为放宽尺度，以便反映现代四川新诗创作的历史面目和成就。

七、部分曾在 1949 年之前发布新诗作品，但主要成就和影响集中在 1949 年之后的当代诗人从略。

八、除了少量因故未能找到初版本者，本书选录作品，以最初发表或出版的版本为依据。部分原刊字迹模糊者，也从单行本或其他版本转录。

九、原书、原刊字迹不清等特殊情形，以页末注释等形式加以必要的说明。

目录

阿 垅

| 作者简介 |　　阿垅（1907—1967），浙江杭州人，原名陈守梅，笔名阿垅、方信、圣门、师穆、史目、S. M. 等。"七月诗派"成员之一。早期曾考入上海中国公学和国民党"中央军校"第十期学习。抗战期间参加淞沪会战，后赴延安，入抗日军政大学学习。1941 年初辗转重庆。1946 年，在成都负责编辑文艺刊物《呼吸》。中华人民共和国成立后，任天津市作家协会编辑部主任。1955 年受到"胡风反革命集团案"牵连。1967 年病逝。著有长篇小说《南京》、诗集《无弦琴》、诗论《人和诗》、报告文学集《第一击》等。

纤 夫（组诗）

嘉陵江

风，顽固地逆吹着
江水，狂荡地逆流着，
而那大木船

衰弱而又懒惰

沉湎而又笨重，

而那纤夫们

正面着逆吹的风

正面着逆流的江水

在三百尺远的一条纤绳之前

又大大地——跨出了一寸的脚步！……

风，是一个绝望于街头的老人

伸出枯僵成生铁的老手随便拉住行人（不让再走了）

要你听完那永不会完的破落的独白，

江水，是一枝生吃活的人的卐字旗麾下的钢甲军队

集中攻袭一个据点

要给它尽兴的毁灭

而不让它有一步的移动！

但是纤夫们既逆着那

逆吹的风

更逆着那逆流的江水。

大木船

活过两百岁了的样子，活够了的样子

污黑而又猥琐的，

灰黑的木头处处蛀蚀着

木板坼裂成黑而又黑的巨缝（里面像有阴谋和臭虫在做窠的）

用石灰、竹丝、桐油捣制的膏深深地填嵌起来，（填嵌不好的）

在风和江水里

像那生根在江岸的大黄桷树，动也——真懒得动呢

自己不动影子也不动（映着这影子的水波也几乎不流动起来）

这个走天下的老江湖

快要在这宽阔的江面上躺下来睡觉了，（毫不在乎呢）

中国底船啊！

古老而又破漏的船啊！

而船仓里有

五百担米和谷

五百担粮食和种子，

五百担，人底生活的资料

和大地底第二次的春底胚胎，酵母，

纤夫们底这长长的纤绳

和那更长更长的

道路

不过为的这个！

一绳之微

紧张地曳引着

作为人和那五百担粮食和种子之间的力的有机联系，

紧张地——曳引着

前进啊；

一绳之微

用正确而坚强的脚步

给大木船以应有的方向：（像走回家的路一样有一个确信而又满
意的方向）

向那炊烟直立的人类聚居的，繁殖之处

是有那么一个方向的
向那和天相接的迷茫一线的远方
是有那么一个方向的
向那
一轮赤赤地炽火飞爆的清晨的太阳！——
是有那么一个方向的。

伛偻着腰

匍匐着屁股
坚持而又强进！
四十五度倾斜的
铜赤的身体和鹅卵石滩所成的角度
动力和阻力之间的角度，
互相平行地向前的
天空和地面，和天空和地面之间的人底昂奋的脊椎骨
昂奋的方向
向历史走的深远的方向，
动力一定要胜利
而阻力一定要消灭！
这动力是
创造的劳动力
和那一团风暴的大意志力。

脚步是艰辛的啊！

有角的石子往往猛锐地楔入厚茧皮的脚底

多纹的沙滩是松陷的，走不到末梢的

鹅卵石底堆积总是不稳固地滑动着，（滑头滑脑地滑动着）

大大的岸岩权威地当路耸立（上面的小树和草是它底一脸威严的大胡子）

——禁止通行！

走完一条路又是一条路

越过一个村落又是一个村落，

而到了水急滩险之处

哗噪的水浪强迫地夺住大木船

人半腰浸入洪怒的水沫飞溅的江水

去小山一样扛抬着

去活鲸鱼一样拖拉着

用了

那最大的力和那最后的力

动也不动——几个纤夫徒然振奋地张着两臂（像斜插在地上的十字架了）

他们决不绝望而用背脊倒退着向前硬走。

而风又是这样逆向的

而江水又是这样逆向的啊！

而纤夫们，他们自己

骨头到处格格发响像会片片进碎的他们自己

小腿涨重像木柱无法挪动

自己底辛劳和体重

和自己底偶然的一放手的松懈

那无聊的从愤怒来的绝望和可耻的从畏惧来的冷淡

居然——也成为最严重的一个问题。

但是他们——那人和群

那人底意志力

那坚凝而浑然一体的群

那群底坚凝成钢铁的集中力

——于是大木船又行动于绿波如笑的江面了。

一条纤绳

整齐了脚步（像一队向召集令集合去的老兵）

脚步是严肃的（严肃得有沙滩上的晨霜底那种调子）

脚步是坚定的（坚定得几乎失去人性了的样子）

脚步是沉默的（一个一个都沉默得像铁铸的男子）

一条纤绳维系了一切

大木船和纤夫们

粮食和种子和纤夫们

力和方向和纤夫们

纤夫们自己—— 一个人，和一个集团，

一条纤绳组织了

脚步

组织了力

组织了群

组织了方向和道路，——

就是这一条细细的，长长的似乎很单薄的苎麻的纤绳。

前进——

强进！

这前进的路

同志们！

并不是一里一里的

也不是一步一步的

而只是——一寸一寸那么的，

一寸一寸的一百里

一寸一寸的一千里啊！

一只乌龟底竞走的一寸

一只蜗牛底最高速度的一寸啊！

而且一寸有一寸的障碍的

或者一块以不成形状为形状的岩石

或者一块小讽刺一样的自己已经破碎的石子

或者一枚从三百年的古墓中偶然给兔子掘出的锈烂钉子……

但是一寸的强进终于是一寸的前进啊

一寸的前进是一寸的胜利啊，

以一寸的力

人底力和群底力

直迫近了一寸

那一轮赤赤地炽火飞爆的清晨的太阳！

一九四一，一一，五。方林公寓

选自 1942 年《文艺生活》第 1 卷第 5 期，署名 S. M.

艾 青

|作者简介|　艾青（1910—1996），浙江金华人，原名蒋正涵，字
养源，号海澄，笔名莪伽、克阿、林壁等。1928 年入杭州国立艺术院
绘画系。1929 年赴巴黎勤工俭学。1932 年初回国，在上海加入中国
左翼美术家联盟，参与组织春地美术研究所，从事革命文艺活动。全
面抗战爆发后，辗转西安、武汉、重庆等地。1941 年到达延安，在中
华全国文艺界抗敌协会延安分会工作。中华人民共和国成立后，曾任
《人民文学》副主编、中国作家协会副主席等职。著有诗集《大堰河》
《火把》《向太阳》《黎明的通知》《欢呼集》《光的赞歌》等，诗论集
《诗论》等。主要著述收入《艾青全集》。

旷　野

玉蜀黍已成熟得像火烧般的日子：
在那刚收割过的苎麻的田地的旁边，
一个农夫在烈日下
低下戴着草帽的头，

伸手采摘着毛豆的嫩叶。

静寂的天空下
千万种鸣虫的
低微而又繁杂的大合唱啊，
奏出了自然的伟大的赞歌；
知了的不息的聒噪
和斑鸠的渴求的呼唤，
从山坡的倾斜的下面
茂密的杂木林里传来……

昨天黄昏时还听见过的
那窄长的夹谷里的流水声，
此刻已停止了；
当我从阴暗的林间的草地走过时，
只听见那短暂而急促的
啄木鸟用它的嘴
敲着古木的空洞的声音；

阳光从树木的空隙处射下来；
阳光从我们的手扪不到的高空射下来，
阳光投下了使人感激得抬不起头来的炎热，
阳光燃烧了一切的生命，
阳光交付一切生命以热情。

啊，汗水已浸满了我的背；
我走过那些用鬓须攀住竹篱的

豆类和瓜类的植物的长长的行列，

（我的心里是多么羞涩而又骄傲啊）

我来到山坡上了，

我抹去了额上的汗，

我停歇在一株山毛榉的下面——

简单而蠢笨

高大而没有人喜欢的

山毛榉——是我的朋友，

我每天一定要来访问，

我常在它的阴影下

无言地，长久地，

看着旷野：

旷野——广大的，蛮野的……

为我所熟识，

又为我所害怕的，

奔腾着土地与岩石与树木的

凶恶的海啊！

不驯服的山峦，

像绿色的波涛

横蛮的起伏着；

黑色的岩石，

不可排解地纠缠在一起；

无数的道路，

好像是互不相通

却又困难地扭结在一起；

那些村舍，可怜的村舍，

孤立地，星散着；

它们的窗户，

好像互不理睬

却又互相轻蔑地对看着；

那些山峰

满怀愤恨地对立着；

远远近近的野林啊，

也像非洲土人的浓密的鬈发，

茸乱的鬈发，

在可怕的沉默里在莫测的阴暗的深处，

蕴藏着千年的悒郁啊……

而在下面，

在那深陷着的夹谷里，

无数的田亩毗连着，

那里，人们像被山岩所围困似的

宿命地生活着——

从童年到老死

永无止息地弯曲着身体

耕耘坚硬的土地

流淌着辛勤的汗

喘息在

贫穷与劳苦的重轭下……

为了叛逆命运的摆布

我也曾离弃了衰败的乡村

如今又回来了。

何必隐瞒呢——

我始终是旷野的儿子；

看我寂寞地走过山坡

困苦地缓慢地移着脚步

多么像一头疲乏的水牛啊；

在我松皮一样阴郁的身体里

流着对于生命的烦恼与固执的血液；

我常像月亮一样，

宁静地凝视着

旷野的辽阔与粗壮；

我也像乞丐一样，

在黄昏时谦卑地走过

那些险恶的山路；

我的胸中，微微发痛的胸中，

永远地汹涌着

生命的不羁与狂热的欲望啊；

而每次当我被难于抑止的忧郁所苦恼时，

我就仰卧在山坡上——

从山毛榉的阴影下

看着旷野的边际，

无言地，长久地，

把我的火一样的思想与情感，

融解在它的波动着的

阳光，雾与岩石的远方……

选自 1940 年《全民抗战》第 134 期

夜（一）

夜又透明了。
当我起来站立在窗口，
我好像飘浮在
广阔而静寂的海上啊。

无数的山，无数的郁林，
还有无数长满禾谷的田亩。
这一切都在月光里显现着——
无论什么时候它们都那么美丽。

我知道的，它们也有痛苦啊。
"负重的动物"就生息在它们里面——
他们匍匐着，喘息着，叹着气，
两眼凝视着潮湿的地面；

此刻它们都该平静了，
有如醉汉倒卧在污秽的床上：
他们在白天淌尽了乌黑的汗，
换取了这夜间深沉的睡眠。

而且月亮也不是为他们而亮的；
星星每夜从他们的屋顶走过，

悲哀地听着他们身体困倦的辗转，

和由于疲劳的混浊的鼾声……

选自 1941 年《文苑》第 1 卷第 3 期

夜（二）

为什么又要喝酒呢？

为什么又要拿它来燃烧你的心和肺呢？

一夜都辗转在不愉快的梦里，

醒来时，看满窗的月色……

当月亮在阴云里隐没的时候，

狗叫得多可怜啊，

寂寞地，荒凉地，

——难道又有人

迷失在这可怕的山地里么？

还是什么强盗

踞伏在峡谷里，

或是从那边的岩石上经过？

一九四○年七月二十三日夜四川。

选自艾青：《黎明的通知》，文化供应社，1943 年

捉蛙者

在如此黑暗的夜
摇晃了这么多的火
远处近处数不清的
使得整个的田野都闪灼着光辉

那些捉蛙的人们，赤着脚
沿着那些水田的边沿
成群的以火光引诱着
那些叫着又扑跳过来的生物

已经是春天了
夜也不再寒冷了
虽然天上看不见星月
但这样的夜是美的

那些火光晃动着
移到这边又移到那边
那些大人手里拿了一根铁钩
那些小孩背上背了一只竹笼

整个的田野是在鼓吵里
捉蛙的人们兴奋着忙乱着

他们在火光下钻上了青蛙

一只只地放进了孩子们的竹笼里

像在举行什么赛会

捉蛙者在杀害善良的生物

火光不安地晃动着

庄严而又恐怖

选自 1942 年《文艺阵地》第 7 卷第 2 期

公　路

像那些阿美利加人

行走在从纽约到加利福尼亚的国道上

我行走在中国西部高原的

新辟的公路上

我从那隐蔽在群山的夹谷里的

一个卑微的小村庄里出来

我从那阴暗的，迷蒙着柴烟的小瓦屋里出来

带着农民的耿直与痛苦的激情

奔上山去──

让空气与阳光

和展开在山下的如海洋一样的旷野

拂去我的日常的烦琐

和生活的苦恼；
也让无边的明朗的天的幅员
以它的毫无阻碍的空阔
松懈我的长久被窒息的心啊……

绵长的公路
沿着山的形体
弯曲地，伏贴地向上伸引
人在山上慢慢地升高
慢慢地和下界远离
行走在大气的环绕里
似乎飘浮在半空
我们疲倦了
可以在一棵古树的
根上坐下休息
听山涧从巉岩间
奔跌而下
看鹰鹫与雕鸽
呼叫着又飞翔着
在我们的身边……

而背上负着煤袋的骡马队
由衣着褴褛的人们带引着
由倦怠的喝叱和无力的鞭打指挥着
凌乱地从这里过去
又转进了一个幽僻山夹里去
我们可以随着它们的步伐

揣摹着在那山夹里和衰败的古庙相毗连

有着一排制造着简陋的工业品的房屋；

那些载重的卡车啊

带着愉快的隆隆之声而来

车上的货物颠簸着

那些年轻的人们

朝向我这步行者

扬臂欢呼

在这样的日子

即使他们的振奋

和我的振奋不是来自同一的原由

我的心也在不可抑止地激动啊

更有那些轻捷的汽车

挣着从金属的反射

所投射出来的白光之翅

陶醉在疾行的速度里

在山脉上

勇敢地飞驰

鼓舞了我的感情与想象

和它们比翼在空中

于是

我的灵魂得到了一次解放

我的肺腑呼吸着新鲜

我的眼瞳为远景而扩大

我的脚因欢忻而跛行在世界上

用坚强的手与沉重的铁锤所劈击

又用爆裂的炸药轰开了岩石

在万丈高的崖壁的边沿

以石块与泥土与水门汀

和成千成万的劳动者的汗

凝固成了万里长的道路

上面是天穹

—— 一片令人看了要昏眩的蓝色

下面是大江

不止地奔腾着江水

无数的乌暗的木船和破烂的布帆

几乎是静止地漂浮在水面上

从这里看去

渺小得只成了一些灰黯的斑点

人行走在高山之上

远离了烦琐与阴暗的住房

可怜的心，诚朴的心啊

终于从单纯与广阔

重新唤醒了

一个生命的崇高与骄傲——

即使我是一颗蚂蚁

或是一只有坚硬的翅膀的蚱蜢

在这样的路上爬行或飞翔

也是最幸福的啊……

今天，我穿着草鞋

戴着麦秆编的凉帽

行走在新辟的公路上

我的心因为追踪自由

而感到无限的愉悦啊

铺呈在我的前面的道路

是多么宽阔！多么平坦！

多么没有羁绊地自如地

向远方伸展——

我们可以清楚地看见

它向天的边际蜿蜒地远去

那么豪壮地络住了地面

当我在这里向四周凝望

河流，山丘，道路，村舍，

和随处都成了美丽的丛簇的树林

无比调谐地浮现在大气里

竟使我打此明显地感到

我是站在地球的巅顶

一九四〇年，秋

选自 1940 年《七月》第 6 卷第 1—2 期

艾 芜

|作者简介|　艾芜（1904—1992），四川新繁（今四川成都新都区）人，原名汤道耕，笔名杜泉、刘明等。1925 年开始发表文学作品。1927 年后辗转缅甸和新加坡。1931 年回国后，加入中国左翼作家联盟。曾任中华全国文艺界抗敌协会桂林分会理事。中华人民共和国成立后，任中国作家协会四川分会主席等职。著有短篇小说集《南国之夜》《南行记》，长篇小说《丰饶的原野》《山野》《百炼成钢》，散文集《漂泊杂记》，专著《文学手册》等。著述收入《艾芜全集》。

我怀念宝山的原野

我曾在宝山的原野里，跟那儿的农民混过半年。

他们给过我人间的温馨，与那不舍的留恋。

如今听见它失陷了，我心里深深地感到了不安。

我痛心那夏天时节，绿树浓荫的海岸，而今已经靠满了敌人的兵船。

我痛心那白絮朵朵，秋风吹着的棉花田，而今已遭了敌骑的踏践。

我痛心那黑夜红灯。在泗塘河里，缓缓浮过的渔家小船，而今
　　已伴着尸体，烂在海边。

我痛心那竹树缭绕，瓦屋数间，篱前躺着黄牛的农民家园，而
　　今全烧掉了，化成一片灰烟。

我痛心那辛勤朴实，整天在田地里挥着锄头的农家少年，而今
　　全逼在敌人的刺刀下面，掘壕，挨打，受难。

我痛心那脸色灰白，在蕴藻浜纱厂里面做工的农家女眷，而今
　　竟一个个遭到了戏弄，杀害，强奸。

选自 1937 年《烽火》第 5 期

野外早操

笼罩着，

清新的晨光，

大地高兴的，

挺着胸膛，

让战士的足板，

一步一步，

沉重地踏上。

顽钝的石山，

也不甘寂寞了，

凝神静气地站在两旁，

用它的回声，

一声声，

响应着战士的歌唱。

选自 1940 年《中国诗坛》新 4 期

安　旗

|作者简介|　安旗（1925—2019），四川成都人，原名安琦，诗人、古典文学研究家。早期曾有散文、诗歌等文学作品发表于成都报刊。1945 年入四川大学学习，翌年到延安。中华人民共和国成立后，先后在西北文学艺术联合会、陕西省委宣传部等部门工作。1979 年调西北大学工作。主要诗学论著有《论抒人民之情》《论诗与民歌》《论叙事诗》《新诗民族化群众化问题初探》《毛泽东诗词十首浅释》《探海集》《李白纵横探》《李白年谱》《李白传》等。

星　空

我深爱这夏夜的天空
夏夜天空的星星。
星星明目语——
　　默默的，
　　温柔而俏皮。

我好像往来没有看见过

这样的美丽星空。

　　无数的小银钉，

　　无数的小纱灯，

无数的含情脉脉的眼睛。

我好像往来没有看见过

这样辽阔的星空

这样辽阔的高高在上，

（不可思议的辽阔与高啊）

似无边的，黑沉沉的，

　　那得现着千万渔火的海洋。

人啊，

还骄傲什么？

　　在伟大的夜的天空下，

　　你我算不上，

　　　星星一粒。

卅一年夏夜里

选自 1942 年《拓荒》第 3—4 期，署名安安

巴 波

| 作者简介 | 巴波（1916—1996），四川巴县（今重庆巴南区）人，原名曾祥祺，笔名曾艺波、田丁、卡青卡、老曾、下俚巴等。早期在《星渝日报》《缩影日报》等报刊发表文学作品。1936 年参加重庆文化界救国协会。1944 年加入中华全国文艺界抗敌协会成都分会。曾主编《自由画报》《光明晚报》副刊，这时期作品多见于《华西日报》《华西晚报》等报刊。中华人民共和国成立后在黑龙江省作家协会从事专业创作，任黑龙江省文学艺术联合会副主席、《北方文学》主编、黑龙江省政协常务委员、中国民主同盟中央文化委员等职。著有短篇小说集《林姐》、诗集《划呀，下江南》等。

那儿才是人的世界

去吧！朋友！
那儿有真义！
灯塔的光亮，
向行旅者闪着虹霓。
音乐的节奏，

一样的扬抑，

千百万歌声，

只一个谱子。

理想的世界啊！

公理之神展开双翼，

温暖你被损害的心灵！

累年的积郁，

时时刻刻受痛苦的待遇，

像投到母亲的怀抱里，

得着无上的安慰！

领略人生的真义！

朋友！

那儿才是人的世界，

没有黑暗，

到处遇着都是姊妹兄弟，

没有嫌怨，

也没有妒忌，

更没有人吃人的故事，

社会上找不着奴才这名词。

有的是：

一样的幸福，

一样的受苦——为真义的折磨！

没有上下、高低，

朋友！去吧！

那儿才是人的世界！

那儿才是人的世界！

选自 1938 年《诗报》第 1 期，署名曾艺波

拜　年

甘蔗杆，
节节甜，
解放军，
来拜年；
大姐一见忙倒茶，
二姐一见递上烟；
奶奶赶紧走过去，
从头到脚看详端，
喜得笑开缺牙嘴，
指指夺夺赞一番：

　　　　"八角帽儿红脸膛，
　　　　蓝布鞋儿脚上穿，
　　　　腰间挂杆盒子炮，
　　　　胸前挂个奖牌牌，
　　　　不是个子高了点，
　　　　就像我家参军大黑蛮！"

解放军，
说一声：
"蓝布三尺三，
送给奶奶穿。
腊肉四斤四，只算小意思。

白米五斗五，
吃了好挖土。
种籽六斗六，
碾好谷子栽包谷。"

老奶奶，急摇头，
"这些礼物都不要：
分浮财，还分地，
说是做梦又是真的；
杀肥猪，过大年，
人活八十才是第一次；
老穿新，小穿新，
几辈子都没有过这种好福气；
你们还要来送礼!"

"一点礼物，
不成敬意，
慰劳军属，
实在是应该的，
你们莫要嫌弃，
收下才是道理。"

姑姑在屋高声叫：
"妈呀妈，
尽说啥，
赶快煮碗元宵欢迎他!"

咚，咚，咚——
　　门外大姐打起鼓，
当，当，当——
　　门内二姐敲起锣，
三妹舞动连宵棒，
好似那左插花来右插花，
　　喊喊喳喳响一遍，
　　响起一遍喊喊喳。
大姐唱：
"元宵圆，
吃了过个翻身热闹年。"

二姐唱：
"元宵糯，
有了共产党才有好日子过。"

唯独三妹嗓子好，
　　一边舞来一边唱：
"元宵碗内滴溜溜，
解放大军下广州；
打蛇要打七寸子，
不捉战犯不回头。"

奶奶姑姑一齐唱：
"元宵吃一碗，
打仗猛一点，
捉住一个蒋匪军，

请你吃双碗。"

解放军，笑迷迷，
双手摇摇说分明，
"元宵早吃了，
不必再搅扰；
前线立功算我的，
后方生产靠乡老。"

解放军，
敬个礼：
"拜了你家还要拜他家，
栽秧割谷再来看你老人家。"

选自 1949 年《诗号角》第 7 期

巴　金

|作者简介|　巴金（1904—2005），四川成都人，原名李尧棠，字芾甘，笔名佩竿、马拉、春风、王文慧、欧阳镜蓉等。1923年离家赴沪、宁求学。1927年离沪赴法，次年回国。1935年与吴朗西等在上海创办文化生活出版社，负责编辑《文化生活丛刊》《文学丛刊》。先后参与编辑《文学季刊》《水星》《文季月刊》《烽火》等刊物。中华人民共和国成立后，任中国文学艺术联合会副主席、中国作家协会主席等职。著有中、长篇小说《灭亡》、《爱情三部曲》（《雾》《雨》《电》）、《激流三部曲》（《家》《春》《秋》）、《憩园》、《寒夜》，短篇小说集《神·鬼·人》，散文、童话集《海外杂记》《长生塔》《巴金自传》《随想录》等。著述收入《巴金全集》。

梦

我有一次到了一个很宽广的地方。
　灰色的天底下面，
我看见污泥的地上

横卧着许多的人。
他们是昏睡着的，
脸上还带着欢乐的颜色；
只是他们底身体已经瘦得不成样了，
他们底衣服已烂得不能遮体了。
　　并且一身都是污泥。
我这时实在不愿意看了，
　　急忙把头掉过去；
但是各处都卧这样的人呵！
只有把眼闭着了罢！

忽然听见了一种很微弱的呼声，
"起来呀!""起来呀!"
我又睁开眼看：
一个穿着绿衣的人，
　　站在他们中间叫着。
他只是叫，但却没有应声，
　　也没有一个人被他惊醒。
他叹了一口气，又尽力地大叫了一声，
　　有一两个人在翻身了；
　　但他们打了几个呵欠，又睡着了。
"起来呀"! 声音更微弱了。
　　他忽然倒了。
　　眼也闭着了，口里发出微微的叹息。
　　现在他完全躺在污泥里了。
　　天全然黑暗了，
　　一切都看不见了。

选自 1922 年《时事新报》副刊《文学旬刊》第 56 期，署名佩竿

小　诗

一

一株小草正想安静着，
忽然一阵风来，
便把他吹动了。
他真是不幸呵！

二

最可怜的是我家园里的桂花呵！
一阵的秋雨，
把他打落在地上；
一阵的秋风，
又把他吹到污泥里去了。

三

夜深了，
躺在床上的病了的我，
静听着一个蟋蟀的亲切的叫声。

四

笼中的鸟也曾高飞天空呵！
可是现在他嘲笑在空中彷徨的乌鸦了！

选自 1923 年《孤吟》第 2 期，署名佩竿

黑夜行舟

天暮了，
在这渺渺的河中，
我们的小舟究竟归向何处？
远远的红灯呵，
请挨近一些儿罢！

选自 1923 年《妇女杂志》第 9 卷第 10 期，署名佩竿

给死者

我们再没有眼泪为你们流，
只有全量的赤血能洗尽我们的悔与羞；
我们更没有权利侮辱死者的光荣，

只有我们还须忍受更大的惨痛和苦辛。

我们曾夸耀为自由的人，
我们曾侈说勇敢与牺牲，
我们整日在危崖上酣睡，
一排枪，一片火毁灭了我们的梦景。

烈火烧毁年青的生命，
铁骑踏碎和平的田庄，
血腥的风扫荡繁荣的城市，
留下——死，静寂和凄凉。

我们卑怯地在黑暗中垂泪，
在屈辱里寻求片刻的安宁。
六年前的尸骸在荒茔里腐烂了，
一排枪，一片火，又带走无数新的生命。

"正义"沦亡在枪刺下，
"自由"被践踏如一张废纸，
侵略者在中国的土地上安排庆功宴，
无辜者的赤血喊叫着"复仇"。

是你们勇敢地从黑暗中叫出反抗的呼声，
是你们洒着血冒着敌人的枪弹前进：
"前进呵，我宁愿在战场作无头的厉鬼，
不要做一个屈辱的奴隶而偷生！"

我们不再把眼泪和叹息带到你们的墓前，

我们要用血和肉来响应你们的呐喊，

你们，勇敢的战死者，静静地安息罢，

等我们把最后一滴血洒在中国的平原。

选自 1937 年《呐喊》第 2 期

我说这是最后一次的眼泪了

我说，这是最后一次的眼泪了，

哭泣是一件很可羞耻的事。

这里躺着一具一具的血腥的尸体，

那里躺着一堆一堆的建筑的余烬。

抢呵，杀呵，烧啊！——在一阵疯狂的欢呼中，

武士道的军人摇着太阳旗过去了。

机关枪——炸弹——长铳！

许多兄弟的工作白费了，

许多兄弟的房屋烧毁了，

许多兄弟的生命丧失了。

我们哀哀地哭着。

我说，这是最后一次的眼泪了，

哭泣是一件很可羞耻的事。

我说这是最后一次的眼泪了，

哭泣是一件很可羞耻的事。

黑暗的夜，恐怖的日。

火光，枪声，兽的呐喊，人的哀泣。

刺刀上悬挂着小孩的身体，

暖热的血一点一点往下滴；

大街上蜷伏着老妇的瘦躯，

被武士们当作了死狗乱踢。

许多母亲，许多儿子，

我们的，我们兄弟的，

就这样和平地被屠杀了。

我们哀哀地哭着。

我说，这是最后一次的眼泪了，

哭泣是一件很可羞的事。

我说这是最后一次的眼泪了，

哭泣是一件很可羞耻的事。

眼泪，眼泪，眼泪……我们的眼泪；

哀泣，哀泣，哀泣……我们的哀泣。

屠杀，屠杀，屠杀……武士的屠杀；

狂欢，狂欢，狂欢……武士的狂欢。

武士的酒……我们的血，泪；

武士的肴……我们的骨，肉。

武士道，江户儿，大和魂，

我们的血，我们的泪，我们的心。

武士得意，喉鸣；

我们哀哭，呻吟。

我说，这是最后一次的眼泪了，

哭泣是一件很可羞耻的事。

我说，这是最后一次的眼泪了，

哭泣是一件很可羞耻的事。

我们的眼泪已经流得够多了！

这给人做枪靶子的生活也过得够多了。

我们的血管里流着人的血，

我们的胸膛里有着人的心，

我们要站起来，像一个人。

我们要表示出来，不是任人屠杀的猪群，羊群；

我们要自己来决定我们的命运。

我说，这是最后一次的眼泪了，

哭泣是一件很可羞耻的事。

九月二十九日，深夜。

选自 1937 年《集美周刊》第 22 卷第 8 期

白 堤

|作者简介|　　白堤（1920—1975），四川宜宾人，出生于广西南宁，原名周志宁，字林森，笔名白玲、杨华等。全面抗战爆发前就读于杭州安定中学，全面抗战爆发后迁居成都，就读于成都县中，1945年毕业于内迁成都的金陵大学经济系。曾与杜谷、蔡月牧等人组织成立华西文艺社、平原诗社等，主要作品散见《华西日报》《华西晚报》《成都晚报》《国民公报》《半月新诗》《诗垦地丛刊》等大后方报刊。中华人民共和国成立后，在中国音乐家协会成都分会工作，先后任《歌词创作》《西南音乐》等杂志编辑，并从事歌词创作。1957年被划为"右派分子"，到会理中学任教，1975年去世。

早安呵，锦江

　　　　　早晨，从那鹅卵石的江边走过，
　　　　　我看见闪耀着太阳的江水在笑……

早安，

明媚的明媚的锦江，
我们底静静的顿河呵！
早安！

早安，
静静的在呼吸的
我们底顿河底流水，
　　——我们底英雄是从你这里去的呵！

你，鹅卵石，
我们静静的顿河里的
顽强的客人呵！
早安！

你停泊在岸边的
疲乏的船呵！
载着粮食和军火
航行于江上的船呵！
早安！

早安！
你，我们底顿河上的
原始的水车轮呵！
绿色的树林呵！
风雨所剥蚀的石桥呵！
堆积在岸边的木材呵！

徘徊在江上的，
从江岸的砖瓦厂底烟囱里
喷出来的，
从江岸的兵工厂底烟囱里
喷出来的，
乌贼鱼放射的墨汁般的
煤烟呵！
早安！

早安，
每天早上
消失在煤烟里的
小小的渔船呵！
船上的捕鱼鸟呵！

从站立在我们底顿河两岸的，
长足的鸽子笼样的木房里
肩着扁担出来的，
滨河而居的搬运夫呵！
早安！

早安呵！
你长年漂流在外面的
"靠水吃水"的
船夫呵！
拉纤夫呵！
　　——比无期徒刑还要苦痛的

终生被绳索所桎梏的
悲苦的生命呵！

早安！
从钉着"杀敌光荣"的木牌的，
低矮而阴暗的
草房里走出来的，
为了胜利
忍受着饥饿寒冷的痛苦
在我们底静静的顿河两岸
洗着衣裳的，
晒着衣裳的，
纺着纱的，
织着布的，
我们底出征的英雄底眷属呵！
你们，
早安！

选自 1942 年《力报》副刊《半月文艺》第 24—25 期合刊

小土屋

我喜欢我的
温暖的小土屋，
我的小土屋是

黄色的泥和稻草屑筑成的。

屋顶的褐色的稻草，

是小土屋的头发，

整齐的在两边披着呵……

蔷薇的藤，

皱纹一样的爬满在土墙上，

而土墙上的无数的小孔，

是春天土蜂的家，

因此，我的小土屋是年老的，

因此，我的小土屋的脸是麻的。

而我在屋子里的地面上

鼹鼠是如此不礼貌的，

掘开了一个圆洞，

那该是鼹鼠家里的窗子吧？

那该是鼹鼠家里的大门吧？

我想，

那应该是大门的，

因为在菜油灯下，

我常看见那黑色的

圆浑而多肉的鼹鼠，

打着呼哨

从那洞里爬进去……

而我的大门

是用百家竹和铁篱笆编成的，
我每天也像鼹鼠一样的
从这门里进来，
从这门里出去……

黄色的小土屋，
温暖而黑暗的小土屋，
是我的家，
也是鼹鼠的家。

我喜欢我的小土屋
但更喜欢那扇小小的窗子，
因为早晨的太阳，
是从那里进来的，
因为我从窗子里
可以看到天空的云彩和星星
和田野的树林和茅屋，
而且，
我还可以看到田野
农人们的劳作……

在夜晚，
我点起了菜油灯，
一边听田野水磨的歌，
一边工作……

现在田野是寂寞的，

我的小土屋也是寂寞的，
但不久春天就要来了！
田野会有菜子花的芳香
和布谷鸟的歌，
而我的小土屋，
也不会再寂寞了！
因为在那时节
我的邻居
土蜂要回来了！
那将为度蜜月而来的，
蔷薇花也红着脸回来了！

选自 1941 年《诗垦地》丛刊第 2 期

乡村酒店

我想起那
喧闹的乡村酒店了呵
那开设在村外土道旁边的酒店
那飘展的破烂的白布招
永远诱惑地向村庄招手的酒店

那喧闹的乡村酒店呵
农夫把愁苦丢在那里
陌生的过客把疲劳留在那里

赌徒把最后一文钱抛在那里
而那个向卖酒的女人
挤眉弄眼的乡长
是要整个的留在那里
像烂熟的红橘一样的
醉了的圆脸
亲热地贴在大酒坛上
眯着的眼睛在说话
乡长今晚又不回去啦

赶场的日子
拥挤的乡村酒店也醉了
亡命徒把缚着红缨络的手枪
掷在柜台上
一只脚踏着板凳
怎样大声地猜着拳
怎样大声地喝着酒呵

在嘈杂的乡村酒店
常有春天的小调
从流浪人底胡琴里跳出
立刻
有模糊的
没精打彩的歌词
合着又不合着节拍地
从酒店角落的
那些醉了的

流着口水的嘴巴里爬出来了

唉破落的乡村底酒店
含泪唱歌的酒店呵

一九四四年二月
选自 1941 年《诗垦地》丛刊第 6 期

鞋　匠

像一个船工，
你为我补着
我底破皮船。

用锥子，
麻线，
皮包骨头的手
给我底小船
补上一块黄牛皮。

埋着头，
斑白的头发，
如荒凉的草场。

一针一针的，

吃力地补着，
手，
发着抖……

我也发着抖——
你是用
你底皮，
你底脉管，
补着
我底破皮船呵！

而后
挑起生命的担子，
你默默地
走了……

我也走了呵
带了感激
驾驶着
我底小皮船
这样激动地
航行于
七月的旷野……

选自 1942 年《诗创作》第 16 期

村　庄

外面
风在鞭打着黑夜呵！
黑夜像一缸墨汁
泡在墨汁里的村庄失眠了。
眨着它的菜油灯眼睛，
狗在吠……

伸手不见五指的夜。
黑锅底一样的夜呵！
风嗖哨着
在旷野奔驰、
树林在叹息，
小茅屋在叹息。

从床边的小窗，
望着旷野的黑夜，
我看见，
那个每天醉酒的乡长
脂肪摆成的
酒坛一样的家伙

现在
打着白壳灯笼

从市镇穿过了前面的林子

回来了。

那个醉了的白壳灯笼

在旷野里摇着，摇着……

呵：好黑的夜呵

外面，

风鞭打着……

我看见

窗外的村庄

以失眠的眼睛

期待着

启明星闪烁呵！

一九四二. 二. 十二

原载 1943 年 9 月平原诗社诗丛刊《涉滩》

选自海梦主编：《中国当代诗人传略》（第 4 集），四川文艺出版社，1993 年

三月的

三月的天是蓝的

三月的夜是披花的

三月的田园长满花树

三月的溪河载满了歌

三月的风摇响了鸽铃

三月的乡野油菜花在欢聚

三月的囚徒呵

——人民的不灭的火种。

一九四三年三月

原载 1943 年 4 月《华西晚报》

选自海梦主编：《中国当代诗人传略》（第 4 集），四川文艺出版社，1993 年

山 民

从山外的山外来的

从那些山腰的村寨里来的

从那些莽莽的蒙着雾的

山林里的草舍来的

带着镰刀和竹烟管的

粗犷又天真的

客人呵

成群的到原上来了

流着汗

帮助我们底村庄收获

工作

并且唱着

只有那些小山村里才会有的

响亮又长声的谣曲

大声的说着话和

豪爽的饮着酒

客人们坐在田塍上休息了
他们底强烈的山林的气息
和被太阳晒过的
稻草的气息
溶和在一起……

微笑着
吸着辛辣的烟草
眯着眼睛了
客人们在羡慕我们底
草绿的村庄和
油黑的土地和
秋季的蓝森森的天空哪

选自 1944 年《文境丛刊》第 1 集

河　岸

有我老祖父耕种过的田地的河岸呵！
有拉纤夫的脚步和汗粒的河岸呵！
当年村庄的好儿子，
是从这里滴着血去向远方的呵！
村庄的好儿子……

唉，白发苍苍的缺了牙齿的河岸呵！
你目送暴跳的河水奔向远方，

你看见城市来的
盛满洋货的小船，
在这里停泊，
你看见盛满谷粒的上船，
成群的划回城市，
你呀你河岸，
灾难的村庄的见证人呀！

亲爱的河岸呵，
破烂的草屋，
贫瘠的田地，
阴湿的池沼，
紧紧的拥抱着你呵！

静静的河岸九月的村庄呵！
在盼望
饿着肚子漂流到外乡的孩子，
那些牧鸭的和拉纤的回来呵！
村庄要收获。

怀孕的村庄，
稻粒成熟的村庄呵，
年年收割着饥饿的村庄，
在河岸向远方招手呵！

一九四四年九月

原载 1944 年 10 月《成都晚报》副刊《文林》

选自海梦主编：《中国当代诗人传略》（第 4 集），四川文艺出版社，1993 年

白　莎

|作者简介|　　白莎（1919—2006），山东菏泽人，原名晁若冰，笔名风涛、若冰等。1936年考入菏泽师范学校。全面抗战爆发后随学校内迁入川，就读于国立第六中学师范部，开始诗歌创作。1941年初曾北上延安，中途受阻后被迫返回四川，在中江、洪雅、岳池等地从事地下工作。1955年受"胡风案"牵连，被关押一年。20世纪80年代后期，开始小说和微型诗创作，著有长篇小说《巴山夜雨》。其抗战时期的作品主要散见于重庆《大公报》《新华日报》《新蜀报》《七月》《诗创作》等报刊。《白莎诗存》收录其不同时期的作品较为全面。

"跨过大巴山"

朝霞映红了

江村，林野……

山岗嵌上金色的阳光。

灰的行列中，

飞腾起沉重的马蹄声……

平明有耀眼的晨光，

去了，

肩上一支钢枪，

我们开始战斗的歌唱。

如今，让我飞步跨过巴山，

一重峰峦，

嵌着一道山关，

前面有着遥远的途程！

咬心的仇恨，

无比的勇敢，

沸涌着

一颗火热的心，

一支铿锵的歌……

在艰辛的进行中，

我们都是一样年青，

一样健壮。

寒风溅动着冷的飞泉，

黄昏给江流撒下金丝的网；

夜晚，我们扎下了营帐，

在深山中，

在旷野里，

在丛林边……

夜风里闪动着燎火，

（撩人深思的野火呵）

林中呼啸着风的哀音，

燎火边荡漾着

铿亮的歌唱……

跨过一道山岗，

又一道山岗，

两千人一个步伐，

年青，英勇，

健壮……

三年前

也是这样的日子，

我走开了烽烟的故乡；

脚步逐着时季转进！

今天，我们不再流亡，

卸下沉重的悲哀，

肩起了钢枪；

大巴山中挺进着

我们的行列，

脚步变成一双奋飞的翅膀，

风沙遥送征途行人，

我以火箭的脚度，

疾驰前方。

选自 1940 年《文艺月刊》第 5 卷第 1 期，署名风涛

路

寒漠的河流上没有一颗星

那是一个落着绵密的

大雾和细雨的夜
像失迷了路和方向的
飘荡在戈壁沙漠的蒙古人
我们三个
在泥泞的高原底路上
缓缓地爬行……

在我们的前面和后面
是茫茫的灰沉的浓雾
我辨不清那是太阳滚出的地方
我底视线透不过这浓厚的空间
而我是被夜和雾的
晦暗而沉浊的灰色所包围了……

然而，路是有的
这条路是通到草原底路
伸过这片难以通过的地带：
浓郁的林木，寒怆的小村，沉沉的雾和夜
路引带我们到有太阳的
阔朗的和暖的地方去……

高原有着无数条的路
而每条路都可以通到草原外
在遥远的天和地接起的那一条线
在你底眼睛所能及到的地方
透过灰色的林木的枝丫
不是还有着星光的闪耀吗？

而躺在那星光下面的
我们底那条深阔的河流
不是依然在暴怒地汹涌地流？
路，就在那地方
路就在那条河流的岸边
那就是通到草原底路呵……

这时路上没有一个人行走
浓厚的夜的黑色包围着我
我不相信这是还有人烟的地带
—— 一个空虚的荒瘠的地带呵！
我认不清自己的方向和路
我们迷惘而又惶惑地默默地走着……

爬过一条条苍黑的山坡
夜浓了，夜在统治着这地方
而当我听到前边的
第一声村鸡的鸣叫
我欢呼着跳起来
这声音
我们是如何的感到亲热而又喜悦呵

于是，我们带着满身的泥和水
歇在唯一的一座农家的小店里
让我们底湿透的棉衣
在跳跃的火堆上冒着白气
在浓烟浸着马粪气味的小屋中

我们三个
背靠着背
躺在铺着柔软的稻草的
热暖的被窝……

明天，太阳露红的时候
浓雾将会散去
让沉浊的浓厚的湿气
不再占有这广阔的空间
而我们
要在这条通到草原底路上
向太阳欢呼……

选自 1941 年《诗创作》第 6 期

边疆的路
——给 a. m.

在中国荒凉的
西南边疆的路上
对着太阳
我奔走着又歌唱着
渴想着而又寻找着……

我要歌唱

我底沉重的心底所郁结着的，
我要寻找
寻找着我所要寻找的……

对着这条从顽强的荆棘里
开辟出的黄泥路
我想起自己的生活。

在这里
一切都在荒芜着和沉郁着
昏倦的泥土在沉郁着
绵生的繁茂的森林在沉郁着
浓厚的大雾在沉郁着
躺在枯草间的黄泥路在沉郁着
走在路上的人们在沉郁着

在一九四〇年的春天
大地解冻的和暖的日子
在映山红，郁金花，油菜花盛开的日子
而你
跨出了那座污秽的暗昏的小城
向着春天底太阳
爬上西北高原底路……

你说：
"山
那么陡，

翻过！

风沙
扬起我们底笑
扬起我们底歌……"

从此，郁郁的江水
再不曾掀起你底愤怒的歌声，
铺着柔软的绿茵的小河岸
再不曾响着你底低缓而沉重的脚步……
你是离我们而远去了
去到我曾深爱过的
茂密的灌木丛所绵延的地方

从此，让我以沉郁的流泪的眼
凝望着马车底柔韧的皮轮
在这条满带黄沙的路上
徐缓而又嘶哑地
一次又一次地滚过……

像干裂的泥土期待着雨露的滋润
我枯燥而又焦急地渴望着
有那一天
让祖露着油黑的胸臂的
赶马车底人，
让那一颗颗跳动的星星
伴我们在高原底路边过夜，

有那一天
我能再以我底阔大的脚步
在冻结的草原底路上奔跑……

然而，今天
我是来到这西南的边疆了
我要探寻，我要拥抱，
我要开辟，我要发掘……

静默而沉郁的江水
低沉而缓缓地流，
裂开的花果
依然红在褐黄的路旁

但在你所踏过的
那曾掀起过
人民底痛苦的呻吟和眼泪的
我们的辽阔的黄河边，
今天，冰雪要掩盖那地方
草原底泥土要再度冻结了，
而一切骚扰着的河流，道路
枯折的落叶的灌木
也要披上素洁的银的外套……

在草原底凝冻的路上
依然有着深沉的响起的枪声
而为雪所掩盖着的深密的白杨林

也依然有我们底游击队在活跃……

而你
将要踏着银色的厚冰的路
跃进在草原底旷野和密林地带，
让嘶吼着的西北风
扬起你底阔朗的笑，
让沉睡着的子弹
在你底燃烧的枪膛里跳跃……

苍郁的松柏将为你们而常青
隆隆地车轮将为你们而滚转，
我们底深冬的太阳
也将为你们踏开的大路而照耀……

今天
在边疆的路上
我跳跃着又欢呼着：
你年青的热情的歌者哟！
倘若浓雾依然弥漫着你底路
而黑色失迷了你底方向……
倘若北方的河流在结冰
草原底黄土路在结冰
那为白杨林和泥沼所绵延的
冬眠的草原在结冰……
好！
那你就呼唤我们底太阳

来照耀！

—— 一九四一，十一，十五夜，

选自 1942 年《诗创作》第 10 期

怀　念

野花寂寞的灿开又谢落
绿色的江水永远郁愤的奔流，
向着杉木林绵密的西方
我又一次的抬起了我的眼睛……

不能忘记啊——
你坐落在西部蛮荒地带上的
那披着茸乱的毛发的山顶
那垂着饱满的颗粒的谷穗
那背负着苦难的重载
如沙漠的骆驼一样朴实的农民，
那缓流着的深而急的河流……

不能忘记啊——
你那沉毅而又温和的面孔
你那宽阔的农人朴实的姿态，
你那近于岩石一样冰冷
而又蕴蓄着烈焰一样的燃烧的灵魂……

边疆是迷茫的绿色的海
我们是张开着白帆的船只，
从水深浪阔的港口出发
我们航行在那些远阔的地带

从那一天，夜航的船只
为突然而来的黑浪所淹没
从此西部的山脉与河流
失掉了它的悲壮的歌者，
避开了三角形的阴伺的眼睛
我们无声的默默的分开……

今天——
而你依然困伏于那荒凉的小城
带着毒刺的嘲笑依然把你包围，
漫过杨槐花的郁茂的树顶
向西方我又一次抬起了我的眼睛，
回来啊，我的弟兄
回来啊，我的伙伴……

选自 1943 年 8 月 11 日《新蜀报》副刊《蜀道》

白　薇

|作者简介|　白薇（1894—1987），湖南资兴人，原名黄彰，别名黄素如，笔名素如、白薇、楚洪、且尼、老考、方晴、苏斐、白芩等，剧作家、诗人。抗战期间寓居重庆，在国民政府军委会政治部文化工作委员会任职。中华人民共和国成立后，历任中国文学艺术联合会委员、中国作家协会理事等职。著有剧本《苏斐》《打出幽灵塔》《北宁路某站》，长篇小说《悲剧生涯》《炸弹与征鸟》，自传体长诗《琴声泪影》等。

石　匠

举着祖宗留下的锤，
握着祖宗留下的凿，
一天到晚
辛辛苦苦的来干活！
汗一滴一滴的流，
日子一天一天的过，

呃，

这一柄锤，这一把凿，

把祖宗的年华消磨！

现在呵，

又镇日的伴着我。

满天星星，

我就翻下床来，

提着锤，拿着凿，

踢着朝露，爬上山坡

粗黑的胳膊

一起一落，

不管筋骨痛，

不管肢体乏，

只是叮当叮当吃力的凿。

锤和凿

配合成劳动的歌，

把太阳唤起，

又把太阳送落！

山花多少次开了又凋谢；

叶子无数次青了又萎落！

我顾不得这些！

头不抬，

汗也不揩，

只是眼瞪着竖在石上的凿，

挥动着铁斧

叮当叮当的锤着，

把我的汗

把我的血

把我青春的年华

一锤一锤地敲进石头的心窝！

这血汗做成的石头块，

拿去给富人们垫大楼

筑高阁！

俺不知道哪是任务，

哪是快乐！

粗黑的皮肤任烈日晒，

筋骨任风沙磨！

整天的忙碌，

整天的流汗！

一天挣得七八角。

孩子喊着饿，

老婆要米下锅！

生活被穷困的鞭子抽着

那年才挣扎得脱？

选自 1940 年 10 月 6 日《新华日报》第 4 版，署名老考

冰 心

| 作者简介 |　　冰心（1900—1999），福建长乐（今福建福州长乐区）人，原名谢婉莹，笔名冰心、婉莹、男士等。1914 年就读于北京教会学校贝满女中，1918 年入读华北协和女子大学理科预科。1919 年在《晨报》上第一次以"冰心"为笔名发表小说《两个家庭》。1921 年预科毕业后转考文学。1923 年到美国波士顿的威尔斯利学院（Wellesley College）攻读英国文学。全面抗战爆发后，从北京南下昆明，于 1940 年辗转到达重庆，其间积极参加抗敌文艺活动。1946 年，离开重庆前往日本。1951 年回国后投入各项文化事业和国际交流活动中。著有诗集《繁星》《春水》，散文集《寄小读者》《关于女人》等。著述收入《冰心全集》。

鸽　子

砰，砰，砰，
三声土炮；
今日阳光好，
这又是警报！

我忙把怀里的小娃娃
交给了他
"城头树下好藏遮，
两个病孩子睡着了，
我还看守着家。"

驮着沉重的心上了小楼，
轻轻的倚在梯口；
群鹰在天上飞旋，
人们往山中奔走。
这几声
　　惊散了稳栖的禽鸟
　　惊散了歌唱的秋收

轰，轰，轰，
几阵巨响
纸窗在叫，
土墙在动，
屋顶在摇摇的晃。

一翻身我跑进屋里，
两个仓皇的小脸
　　从枕上抬起：
"娘，你叫什么响?"
"别嚷，莫惊慌，
你们耳朵病聋了，
这是猎枪。"

"娘，你头上怎有这些土？
你脸色比吃药还苦，"
我还来不及应声，
一阵沉重的机声
又压进了我的耳鼓，

"娘，这又是什么？"
"你莫做声，
这是一群带响弓的鸽子，
我去听听。"

檐影下抬头，
整齐的一群铁鸟，正横过我的小楼。
傲慢的走，欢乐的追，
一霎时就消失在
　天末银灰色的云堆
咬紧了牙齿我回到房中，
相迎的小脸笑得飞红，
"娘，看见了那群鸽子？
有几个带着响弓？"

豆大的泪点忽然
滚到我的脸上，
"乖乖，我的孩子，
我看见了五十四只鸽子，
可惜我没有枪。"

廿九年除夕重庆

选自 1941 年《满地红》第 3 卷第 3 期

丙　生

| 作者简介 |　　丙生（1916—2001），四川新繁（今四川成都新都区）人，原名袁圣时，笔名袁珂、风信子、丙生、袁展、高标，古典文学研究家、神话学家。20 世纪 30 年代中期开始文学创作，抗战初期就读于四川大学，曾参加四川大学文艺研究会。1941 年毕业于华西大学中文系。中华人民共和国成立后，先后在西南人民艺术学院、四川省文学艺术联合会、四川省社会科学院文学所等机构任职。著有《中国古代神话》《神话故事新编》《古神话选释》《山海经校注》等多种。

索　居

老年人披一头如霜的白发
烟圈儿徘徊在葡萄架下
篱门外流云走着日色
芦笛管和紫色的樱花

喜鹊儿在高枝不要吵架

小猫咪睡湿了我的鞋袜

为爱向晚的霞光无限好

纵鬓边也缀上红艳的山茶

夜长寂寥买个灯来挂

雾雾的薄明中好梦见姆妈

孩子是长满胡须的人啰

无事去落日坟前数昏鸦

选自 1936 年 3 月《诗风》创刊号

葬　歌

哩喇子在前面吹个葬歌

满街的清寒的阳光哟

陌生人哪，抑住你的辛酸的泪吧

这污沼里不过萎谢了一个泡沫

散几张纸儿敲一声锣

叫阴魂缓缓地随我走过

这道路怕有点太凄清了罢

荒冢间雾霏白杨萧索

有软的床和绿的床供你高卧

知更雀和鹧鸪会替你唱高歌

还留恋你疲倦的生的余味吧

看歌者这忧郁而倦怠的脸啊

选自 1936 年《诗风》第 3 期

江 边

我拄着棍，行吟诗人一样地

蹀躞在这古老的江干

我心里充满了忧郁和爱

江上的行船好像梭穿

有撑大篙的，有打桨的

有的顺流而下，有的挂上风帆

也有纤拉夫拉纤在高坡

杭育着远年的拉纤之歌

鸡鹅闲暇地在岸滩游戏

翘着尾巴，急急忙忙地

跑过煤篓的瘦狗，也像煞有介事

母猪自管拱扒粪坑边的烂泥

老鹰在江上回旋，掠过一只菜船

生物们已俨然是江的住民

和号为人的住民早已打成一片

这给我的感受
是一分亲切，加上一分
哽塞的悲酸

因为我看见
那漏风的茅屋和烟熏的船篷
和百结鸠衣的褴褛而辛劳的
江的儿女们，都还和一千年前
古人图画里所表现的一样
没有丝毫的改变

几十世纪的生活都反映在一刹那，
被冻结的岁月！被凝固了的时间；

我爱那纯朴的人民，我的弟兄。
而我也尝味了"大江流月夜"的空漠
而江上传来"哟嘿荷杭唷嘿"的
舟子之歌，也更透露出了
这古江的忧郁

我希望老久的历史变一变
陈年的账簿翻过篇呀
让岸滩上爬着的弟兄站起来
让这条老江转百年
让他们的脸上添点欢容
让春天早来，花早开绽
兄弟们呀。倘使你们也允许

我为你们做点事

我发誓用我的热血荐轩辕

我有这样的忧郁

　　这样的爱

但是我羞愧啊！

我还拄着棍

蹀躞在这古老的江干

选自 1946 年《诗激流》第 1 期

蔡月牧

|作者简介|　　蔡月牧（1919—?），四川岳池人，曾用名蔡燕荞、蔡瑞武，笔名岳军、北麓等。1937 年开始发表文学作品。1939 年到 1942 年间，与任耕、杜谷、白堤等组织华西文艺社、平原诗社。主要作品散见于《新蜀报》《国民公报》《文艺杂志》《华西日报》《新民报》《中央日报》《新中国日报》《战时文艺》《拓荒》等。

垦殖季（组诗）

农民们，在早春
爬上寒土的山岗
唱起泥土的恋歌
以锄犁垦殖了
泥土的爱情

踢开冬日的窄门
走过霉湿的草地

唱起人类的恋歌
今天，我垦殖了
人类的爱情

春　垦

春天提着花篮来了
这是垦殖的季节呵
如一架金车疾驰的太阳
　　　　　　　　在召唤
如绫质一样柔细的流风
　　　　　　　　在召唤
抖着明丽的薄翅
成群的往来于田野的蜂群
　　　　　　　　在召唤
闪拍着，张着
芬香的脂粉的双翼
五色斑烂的蝴蝶
　　　　　在召唤……

　　这盛开的芍药一样的
　　　　　　　垦殖季呵
　　这烂熟在火热的六月里
　　艳红的石榴一样的
　　　　　　　垦殖季呵

山民们，从祖居的

土屋的谷底

走出来了

一年里，最先一次

脱下衲袄

拿上垦殖的锄头

向山野去

结成流散的大队

爬上那层密的梯原——

　　　那一层一层拥叠着

　　　像五线谱上逐渐升高的

　　　　　　黑色的音符呵——

他们开始挥起胳膊

白亮的锄头

在蓝天下翻落着

把为寒冬冻结了的土地

打开

击碎地蚕和蚜虫的窝巢

将那些像土蛇一样

把泥土蛀成了无数细孔的

灰色的草节

一齐拔走

用汗洗刷去大地的忧伤

然后抛下作物的种籽

　　　五月间

当最初来自

南边海洋的薰风

　　　　　　从这里走过

会看见

丰茂的玉米和高粱的绿茎

怎样托起

　　　那青色的帐幔

而他们

诚朴的山民

怎样天天戴着草笠

　　　　　　走出蓬檐

芟拔泥土的尘垢——

　　　　　　　那些刁狡的野苗

直到日光把玉米和高粱的果实

　　　都染成了红色……

呵，你们这些山地的

精巧的工匠呀

在山野，你们今天筑造着

谷物的仓廪

明天，向地角的城市

供运丰盛的食粮

打造传延人类生命的铁链

你们

开垦呀

春阳在天边燃亮了

这腴美的垦殖季

而你们的锄头呵

也正朝向着

东方哪

——三月在川南

平　原

在平原，我度了无数个春夏

在平原，我度了无数个秋冬

在平原，我度了无数个甜美的

　　　　　　这古国特有的佳节

因此，对平原我有不老的追怀

因此，对平原我有永生的忆念

我又是平原的过客

年年，淋着渗凉的春雨

我去跋涉东方

年年，沐着炎夏的热流

我去旅行西土

年年，又在凉秋和寒冬

披着九月金飔和腊月霜雪

我去拜访川北小山道

　　　　　　和南边的野流，寒川

而后，我又再回来

和平原再相见

因此，对平原，我有更不老的追怀
因此，对平原，我有更永生的忆念

我熟悉那些平原的居民
每天，如何下地耕种
我熟悉那些平原的旅客
每天，如何催赶行程
　　　　　在日落下坡脚
　　　　　在东方的亮蚕
　　　　　　　吐出第一根金丝
我更熟悉那些独轮车
如何把每条坦道划起深深的辙迹
相同年轮在推车的老人的额上
　　　　　　　镌下深深的皱纹
我更熟悉那些无篷大卡车
如何在公路上拖起窒鼻的烟尘
奔跑，跳跃式的奔跑
扬尘覆盖了道旁的农作物
使那些作物的叶脉
　　　　都失去白色的光辉，变成暗哑……

对平原，我有这些不老的怀想
对平原，我有这些永生的忆念

但平原是富饶的呵

每年产生着亿万石的黄谷

每年产生着亿万石的玉米和荞麦

亿万石，亿万石呀

平原的居民——

       那些用自己的手

       捏磨出那些粮米来的

他们是食用不尽的呵……

于是有隆隆的大车

来把那些金黄的谷物搬走

于是有连延不断的

一条条，长长的，深深的车辙

蠕走着，从山民的生活的土阶，直伸向

远远的，那有着传奇意味的

          闪光的城市……

所以

平原也是忧郁的

那四处蓬涌着的土丘

是一代代平原的子孙

堆埋无光的岁月和惨黯的尸骨的坟地

平原的子孙，一代代

从自己的祖父那里，父亲那里

承受了鞭打，贫穷与病害

也承受了一双犁锄，一只负驮着

和自己同样阴晦的命运的黑牛

替人家打开富裕与淫乐的金门

跟着也打开自己生命的旅程上

最后的一座冷店

对平原，我有这些悲苦的怀想
对平原，我有这些悲苦的忆念

今天
我深深地，深深地记得
是在春疫流行的夜晚
是在蚊蚋与虫蚤交结的夜晚
披着一肩冷风，走过
生锈的，边远的村舍
然后，我又见到了你
你丰饶而又忧郁的西方平原呀
当我走踏在你黧黑的肩膊上
我又听见了你底悲叹
你寂寞凄苦的独语
而你那些诚朴的子孙
却在辛勤地垦殖呀
向你要粮食，向你讨生活
好多年了，好多年了
你这风尘仆仆的老人呵
你豢养了他们，豢养了
他们的贫穷和他们的灾害
虽然你曾把你所有的
　　　　　都给予了他们
虽然你曾把他们所要的
　　　　　都给予了他们……

你丰饶的西方平原呀

你是风尘仆仆的老人

我是永远流浪的旅客

无数个春夏，无数个秋冬

我怀着生的悲苦流徙

你怀着生的辛酸叹息

但是我们仍得要生活

　　　　仍得要

　　　　好好地生活呀……

盆地的歌者

是樱桃谢落的节令

是榴花红熟的月季

是杨花洒泪的日子

在这边

我想念着你呀

你盆地的歌者

当灰冥的云天

飘下霉湿的泪

敲叩着我青色的玻璃窗

有穿绿衣的人

拉着拖泥带水的脚踏车

举着油纸伞，给我送来

发自远方的城市

　　　远方的村落的

走过数重平原

　　　数重山，数重水的

许多邮件

于是我又读到了

你刻写这西部盆地的

忧郁而又华美的诗章

我又看见了

在盆地的边缘坐着的

苍茫的群山

蛮野的森林

在盆地的中央躺卧着的

那肥腴的

稻米的国土

荞与麦的国土

一切粮食聚居的国土

和那些寄生在

荒野的河岸边

纤薄的竹林丛

芦苇草的腹地里的

矮小的茅舍

与他们瘦弱的主人

主人们那悲苦的命运

是呵

这盆地是

产生一切谷米的国土

堆积一切粮食的国土

然而，这里的农民

却是饥饿的呀

他们根植在盆地上

他们操作在盆地上

与太阳一同起卧

与泥土同着过生活

但他们的生命

却是日渐干瘪着的

球呵……

呀，你盆地的歌者

你写得好

我是盆地的孩子

我每每流着感激的泪

来颂读你的诗章

让我把我的歌声也传送给你

我是如何喜欢听

踞立在南北两极的两株树

连着的那同一条根

那同一根底响着的

同一的生的颤动的声音……

选自 1942 年《诗创作》第 12 期

灯市夜

快来看，那么多的灯
看上元夜，上元夜的灯
灯，挂满通街通巷
在人家屋檐下
愈远愈密，愈近愈亮

灯，红色的灯
方的灯，圆的灯
大的灯，小的灯
灯，合唱一曲热带的音乐

看灯呵
听灯的声音
灯，写出一个古国的灯市夜
灯，说出古国古老的声音

看灯呵
人们逃出晦暗的小屋
翻涌来在市街上
满悬红灯的世界上

看灯呵，看灯

人们盘踞在市街上
一人走开，一人赶来填补
从西城看到南城
从北门走向东门
他们是游移的大队呵

小贩摊被挤在街沿上
人力车在人的窄门中颠簸
车上的客人啦，伸颈望着满街的灯
拉车的望着人的背，人的脚跟
繁冗的吆喝也挤不开他们

灯呵，灯呵
小孩子把手举得高高
跳呀，跳
心里生些怪想
做个梦，红灯飞上天
变成月亮，变成星的眼……

灯呵，灯呵
上元夜的灯
红色的灯
满街满巷

上元夜草

选自 1942 年《诗创作》第 13 期

乡 爱

剥落尘斑的菌藻
和渌湿的苔藓
为你打开久雨的窗门

让蓝云流过你窗前
纷披的墨绿的叶团
涌着太阳红色的朵瓣

赠你这一簇太阳的花朵
赠你这一束田露的馨香
外面有山鸟的啼唤
泞滑的乡路
蓬开了蓝色的小环花
丛聚着淡黄的秋蝶
田里，草深了
隐着白鹭的窝巢……

走进这丰腴的土地
有我们农民的大队
将举行第一次秋收
走进这美丽的土地
出来

剥去你指爪间忧病的尘垢
洗去你眉下血泪的斑块

这破落的木舍呵
要扫除了

把你这小窗前绿色的帷幔
（它呀，曾经是你忧郁的坟）
那牵牛花群生的翠茎
卷挂上竹木的瓜棚
这里，我们要换上
田间太阳的帷幔
蓝夜里亮星的帷幔

这破落的木舍呵
要扫除了
记忆这农家
风车的歌
石磨的歌
和辛劳的锄头的歌

你呀，不要再唱了
你那忧郁的歌……

四三，十月。岳西土墙楼。
选自 1944 年《诗前哨丛刊》第 1 期

惊　蛰

爽朗的雷声
春的第一声阔笑
冒过天边蓝色的云旗
响进草原来了

拆毁土装的牢狱
草梗以白色的根须
挑颤着春泥

而泥土怀了少女的梦
开始张起双耳
倾听自己的心房
轻拍出爱情的音响

隐卧的虫豸，摇一摇头
打着呵欠，走出泥垣
嘿，好一个明朗的晴天

选自 1942 年《笔阵》新 6 期

曹葆华

| 作者简介 |　　曹葆华（1906—1978），四川乐山人，原名曹宝华，笔名葆华、曹保华等，诗人、翻译家。早年就读于清华大学，在《新月》等刊物上发表诗歌。1940年初到延安，任鲁迅艺术文学院教员。长期从事马列主义经典著作和文艺理论论著翻译介绍工作。中华人民共和国成立后，任中国社会科学院外国文学研究所研究员等职。著有诗集《寄诗魂》《落日颂》《无题草》等，译有《马克思恩格斯论艺术》《唯物论与经验批判论》《论艺术——没有地址的信》《现代诗论》等。主要文学作品收入《诗人、翻译家曹葆华》一书。

你叫我

你叫我怎样能让你远去？我一切
希望都寄放。在你的手里生命的
颜色因为你才添上绯红；这人世
没有你的存在，那还有多少意义！
记得我三年来昼夜读书，谁不说

全是求你的欢喜；我常常呕吐着
心血制作诗歌，也是想在无穷里
抓着永恒，来证实我爱你的情意。

你现在绷起脸皮，骂我愚，责我拙，
我都觉无限欣喜；只要你不再说
什么一刀两断，又什么各走东西，
使我愁得来在梦里也不住唏嘘。
我爱，你请记着我们月下的誓盟，
不管地狱天堂，总得要携手同行。

选自1931年《文艺杂志》第1卷第2期

狱 中

有一天我抓着自由的曙光，一脚
踢开了污秽的监墙；我便要举起
拳头把黑暗击破，向一切奸人
恶鬼，邪魔古怪，沉入那阴深的
海洋。我倾出赤血洗去大地的
龌龊，招来无边的晴明普照
四方。我在大气中，时光里，堆起
爱情的巨石，建造那亿万年不朽的
牌坊。——听呀，那狱外茫茫的世界
怎样悲凉！母唤儿，儿叫爹，一片

哭声震撼着穹苍。我怀抱着同情的
烈火，反索来枷锁横压在肩上。
而今我扯破袍服，敞开胸膛，
等待着灿烂太阳爬上东方。

选自 1932 年《新月》第 4 卷第 3 期

问

你玩的什么法宝！女郎！
每逢你翩然走进身旁，
我心中就有雷电交响，
两目闪耀五彩的光芒。

我的灵魂飞出了胸膛，
在天幕之下上下冲撞；
一时飞入快乐的云乡，
一时又坠落地中掩藏。

我周身感受盛夏炎狂，
严冬寒霜在头上飞降，
刹那间经过春温秋凉，
我茫然坠入万重迷惘。

你玩的什么法宝。女郎！

好像上帝不及你高强；

在你身边我一切遗忘，

大好天地也改变形象。

十，二十

选自 1929 年《清华周刊》第 32 卷第 4 期，署名葆华

火车上

"莫看那天多高，路多长，

老鹰飞得快掉下翅膀；

地上还铺着一片夕阳！"

"呵，一片夕阳！"

"一眨过去了多少年岁？

脚下又涌起一阵轻雷；

是谁，在身后紧紧相催？"

"呵，一阵轻雷！"

"不必问我们向哪里去；

几粒星光在天边犹夷，

前面还有茫茫的黑夜！"

"呵，向哪里去？"

选自 1935 年《水星》第 2 卷第 1 期

无题三章

其　一

一石击破了水中天地
头上忽飘来几只白鸽
一茎羽毛，两道长虹
万里外有人正沉思着
是梦，是晓星坠落天边

拾起影子在走入重门
千万个巨雷脚下停歇
半撮黄土，两行清泪
古崖上闪出朱红的名字
衰老的灵魂跪地哭泣

其　二

怎得有一方古镜
照出那渺茫的前身
是人，是鬼，是野狗
望着万里的长空
一轮红日突然陨下

破袖遮不住手臂
腋下吹起漠北的冷风
摸着黑夜爬上山头
脚边有彗星闪耀
是梦，是自己的泪

其　三

设想自己游历乱山中
掉了身边古怪的钥匙
归来开不了一椽茅屋
安放下无边空漠的心
（还有多少白日梦
也闪着各样颜色）

设想又怅然回到山中
遍问路上的一草一石
露珠闭了闪亮的眼睛
森林不吐出往日话语
（只有山半的墓碑
镌上了一个名字）

选自 1936 年《新诗》第 1 期

无题五首

一

站在黑夜的山坡下
看星子拍着翅膀飞
天河里迷失了自己
像一个梦,芦苇丛中
有灵魂正切切私语

不必听了,还是多年
跳不出圈子的老话
等萤火照出了苍径
走进倒塌的古墓门
摸取前生残留的足迹

二

壁上悬着漆黑的太阳
几千只眼睛脚下闪耀
谁用巨手捣破了天门
一道金河从半空奔下
流向万里迢迢的梦里

沿着梦里纡回的堤岸
古旧的木船正飘荡着
紫色云追逐着白色云
无边的风沙起自天末
吹折了船上百尺桅樯

收起江上无底的网罗
驶入阴沉的白石港口
一颗陨星从肩上掠过
留下一尾青色的长光
照出山巅上半朵红花……

三

头顶上掉下一茎白发
摔破了当年的五色梦
在白纸上化作几个黑字
不敢惆怅，只看窗外
乌鸦在半空里打筋斗
坠下一串生命的谎语

怎不像一本破旧的书
年青的日子空翻过了
一页，两页，三页，四页……
不见有洞箫吹起凤凰
古斯巴达的城垣下
也没有武士跨马奔过

瞻望前路，好像孤魂
背着冷风在望乡台上
看不清前生是猫是狗
到今朝披起人的皮囊
在这崎岖的万里道上
哭了又笑，笑了又哭……

四

也许有幽魂迷了路
猫头鹰尽在树上叫
远山里不吐出一点光
蛤蟆在桥下打起鼓
脚步又踏落哪儿了

荷花香拦住黄犬吠
地上翻滚过火热的风
石碑下蹲着黑影子
何处去寻觅流水音
多少个岁月长逝了

五

马背上插着一面白旗
招来星光在蹄下飞溅
骑着，骑着冲破尘沙

奔向那迢远的天门外
看百尺城楼上有黑榜
悬着一个朱红的名字

坠下了，苍白的冷泪
载不起大地的白日梦
哭泣着月亮在西天边
照出自己凌乱的黑影
从荒原上披散着红发
扑下万丈险峻的高崖

没有回声，只听得冷风
吐出灵魂无牙的怨嗟
叫不开千百重古墓洞
一鞭跑入沉黑的潭底
捞起血淋淋的死人头
呈作世界第一个赠礼

选自 1936 年《文季月刊》第 1 卷第 3 期

不愧是人

第一遭诞生在世上，
人类就有五官四体
神经，心脏，和头脑，

在大自然的统治下，
不怕风暴，不惧霹雳，
从岩石里敲取火种，
燃起五千年绵延的文明。

谁也不愿屏着气息，
在历史的万重石阶下，
呆卧着如一匹死驴，
谁也不愿披着五色衣，
在热闹的十字街头，
作猴子乖巧的跳舞戏。

因为人总是人，
有谁是从天上降下来的？

翻开一部世界史，
每一章，每一页，每一行，
都充满了斫杀的痕迹：
原始人向天神反抗，
小市民向君主示威，
无产者向有产者攻击，
都是在僵冷的地壳上，
想争取一口呼吸的自由。

所以一九三九年
亚细亚洲东南角
灰黯的天空燃烧了，

阴霾的大地血红了，
四万万五千万头颅，
—— 一个古老的民族，
举起钢与铁的手臂，
捍卫自己，保护自己，
向着侵略者的面颊，
击一个沉重的耳光……

我们要把这故事记下，
用自己红红的热血，
在时光无限的白纸上，
将与太阳同样灿烂，
将与地球同样坚久，
虽是千百万代的堆移，
也有人称赞我们不愧是人。

一九三九，在成都。
选自 1939 年《流火》第 7—8 期

生　活

一

生活有如牛角椒，
摆在时代的餐桌上，

令你舌尖生津，
又叫你头上出汗，
当你正视着世界，
举起了思想的筷子。

铁与血的交流，
冲破了和平的堤防，
泛滥着两大陆；
谁是泅泳的好身手，
能渡过苍苍彼岸，
做饭后的散步。

二

灵魂的白马，
在半途上喘息了；

当以意志鞭子，
抽挞在疲劳背上。

谁愿停着脚步，
躲去大风沙？

看远方红日，
跋涉者奋然而歌。

选自 1939 年《西线文艺》第 1 卷第 3 期

西北道上 (组诗)

一　金玉渡口

车停金玉渡口，二战区政治部主任梁化之同志为我与晋察冀边区行政委员胡仁奎同志合摄一影，写此诗作纪念。

金玉渡口
横着百洞石桥
我和你并肩站着
头上有太阳
脚下有青草

你是扛枪者
我是扛笔者
同擎着灵魂火炬
走向黄河外
保卫大好长城

明日全中国
青天白日满地红
千万个方场
定有我们的影子
照在人头上

二　九曲山道

九曲山道上
环列着葱郁古柏
形成大迷宫
令你忘了来路
不知去道
只有载重车
如一条黑色的牡牛
爬行石坡上
呻唤又喘息
吹起疲劳的灵魂
向着大西北
嘘出一口气
——民族火红的希望

三　路旁老农

跟在耒耜背后
前面喘息着瘦黄牛
正是你的影子
流汗在太阳下
在黑土里

以岁月的崖石
筑成人类最高建筑

而被压在最下层
你从不叹息
虽然眼睛闪着饥饿

看自己双手
修筑的爬山的马路
大卡车扬土而过
你只俯着头
从地里掘发希望

四　神宣驿之夜

明朗如白日
静寂如古禅
神宣驿七月之夜

岭外大圆月
倾下了澄清的水波
泻过小土台
荡漾在几十个
东方吉卜赛的身上
他们卸下了背囊
躺在稻草堆上
一场场好梦
紧闭着疲劳的眼睛
虽然锁上木梆
一声，两声，三声

敲醒了守夜吠犬
敲起了破厩里
长夜不眠的马嘶

冷风从墙头吹过
留下了一副清凉剂
在第二天清早

五 宝西道上

暮色迷茫里
马路是一条白河
流过平原上

我们跨着车
浮沉在浪上浪下
如一尾鳄鱼

天上有金星
地上有红灯
我们心中有火把

绕自西南方
流向东北方
远处是一片血海

六　北上望延安

车停马路边
人歇树荫下
一群黑驴踉跄而过
扬起一片土
蒙蒙如五里云雾

望不见太阳
望不见白云
望不见你的面目

吁然一口气
如七月的流火
燃烧大地上
仰向着北天
我憔悴于怅望里

甚愿你伸出一只手
摩抚我头额
拂除我灵魂尘土

七　三原车站月夜

我们是三个
漫步白色月光下

影子靠影子

六只黑眼睛
闪耀着一个志愿
血红的星点

你们离了家
投向时代的工厂
炼成铁与钢

我挣破噩梦
去到西北烽火中
作革命一环

血红的星点
闪耀着一个志愿
六只黑眼睛

影子靠影子
漫步白色月色下
我们是三个

八　洛川苦雨

淅沥初秋雨
锁着洛川城头
几百里崎岖山路

——残破如一条死长虫
载不起骡车
载不起行人步履

百年破古庙
一椽残颓屋顶下
停留着几十个生命
怅惘又踟蹰
像是失掉了
而又期待着什么

望向着窗口
望向着田野
望向着远远山头
几十只黑漆眼睛
集中于一点
——乌云正渐渐升起

一天复一天
太阳从不伸出手
拂去道上泥泞
拂去心上的抑郁
天空是灰暗的
人们脸上是灰暗的

九　路上小憩

蹲在石碑上
欲获取半口憩息
而黑色小驴
驮着庞大的旧行囊
迈步过去了
留下我一人
伴着一顶破草帽

在长长旅途上
谁也不会等候谁呵

我得站起身
扶着木杖向前了
虽然脚步是沉重的
影子也是沉重的
当热风吹过肩头
扬起了尘土
在陡峭的山坡上

赤阳高照半空
我的汗水流下脚跟

十 西北哨兵

顶着半边蓝天

顶着一轮红日

站在黝黄山坡上

——脚下倒着黑黑影子

以三尺白钢刀

作民族的守望哨

不怕塞上尘沙

不怕岭外风暴

睁着一双火红眼睛

——眼皮从不爬上疲劳

控制着群山万壑

天下第一险道……

选自 1940 年《文艺阵地》第 4 卷第 9 期

常任侠

│作者简介│　　常任侠（1904—1996），安徽颍上人，原名常家选，笔名常任侠、剧孟、沈默、任侠、常征、牧原、常醒元、翟端等，艺术考古学家、东方艺术史研究专家、诗人。1928年考入中央大学，曾组织中大剧社。1934年，与汪铭竹、孙望等人组织土星笔会。全面抗战爆发后，在郭沫若主持的政治部第三厅任职，另在四川省立教育学院等学校任教。1943年到昆明，任教于东方语言专科学校，与魏荒弩等人组织百合诗社。中华人民共和国成立后，任教于中央美术学院。著有诗集《勿忘草》《收获期》《蒙古调》等。主要著述收入《常任侠文集》。

麦　秋

在初夏的晚照中，
我沿着曲折的小径，
起伏的山冈
走过很多黄熟酥润的

蛋糕一样的麦田。
这于我是引起极大热爱的；
我像一天真的孩子，
在地母的怀中爬，
在地母的怀中滚，
在地母的怀中
似睡不睡的顽皮的嬉戏。
并且抚弄着地母的
坚实圆润的乳房，
吮吸她无尽的乳汁。

她把我们养得肥壮了，
于是；她欢喜了，
她的慈爱的笑，
如同四月的微风，
偷吻着我们的面颊，
偷吻着我们赤裸的紫色的身体。

鹤以小鱼哺育幼鹤，
蜜蜂以蜜哺育幼虫，
地母哺育我们的
是稻，麦，马铃薯，蔬菜，
及其他甘美的果物。
她永远哺育着我们，
哺育着忠实于她的
勤恳的孩子，
一点也不吝惜。

地母啊，你是慈爱的，

你永远爱着我们，

我们也永远爱着你，

在苍茫的暮霭中，

我同许多爱你的儿女们，

低头为你晚祷。

听啊，到处是杜鹃鸟飞鸣的声音，

麦秋的季节，

又是这么丰盛的成熟了。

黄的麦浪连着黄的麦浪，

金色的穗子微微的摇动着，

被光辉的炎阳，

烫成云样的卷涡，

仿佛是地母的

披拂着的美丽的金发，

在头发的林里，

蕴着初烘出的面包香。

地母啊，明日在黎明时候，

我将随同大队的农人，

荷着新磨的镰刀，

来为你仔细修剪，

并且为你唱山村的牧歌。

若是工作疲劳时，

我会卧在你的怀里休息，
卧在你的怀里，
半闭着眼睛
看蔚蓝的天宇，
并且做我惯常做的梦。
梦见谁来侮辱你，损害你，
我将以血涂红你的肌肤，
永不让你沾上污点。
地母啊，因你永远爱着我们，
我们也永远爱着你啊。

麦秋时的晚风，
是温和而且带着甜味的，
在黄昏中，我随着
杜鹃鸟飞鸣的声音，
走得这么遥远。
我像一天真的孩子，
在地母的怀中爬，
在地母的怀中滚，
抚弄着地母的乳房，
一刻也不安静。
地母啊，我真想在你金发的林里，
翻一个不怕丑的跟头哟。

一九四一、四月二十日重庆沙坪坝

选自 1941 年《抗战文艺》第 7 卷第 4—5 期

冬日小诗四章

冬

我浸沉在冬天的雾海里，
寒冷时常袭击我的身体。
早晨满林飘下枯叶，
在微风中索索叹息。

我游行在曲折的小径上，
水田中的牛正在曳犁挣扎，
一只白鹭从远处飞来，
正待落下又忽然飞去。

一切的颜色线条都是灰暗的，
一切都像寂寞的入睡。
但我看见花枝已经冲寒含蕾，
我预料不久会迎接到春天。

溪 水

溪水从遥远的深谷中，
活泼地向我唱着歌走来，
他跳跃着又向远方走去，

他一路遇到许多岩石的障塞，
他转一个弯又转一个弯，
终于达到他要达到的地方。
他的歌声愈唱愈洪亮，
他放开喉咙黎明黑夜都不停，
寒冷是不能把他封闭的。

雄　鸡

在荒凉的村落中，
在黎明之前，
我听到雄鸡的召唤。

在黑暗中的人，
起来吧，天空将要明亮了，
在睡梦中的人，
起来吧，是工作的时候了！

于是接着雄鸡的歌唱而起的，
是农夫的叱牛声，
工人的杭育声，
以及其他劳动的声音，
冲破了寒冷和岑寂。

豌　豆

用小小的瓦盆，

我种一丛豌豆，
当作寂寞中的安慰。
放在小窗口，
渐渐生出萌芽。

窗外是那样寒冷，
他的头部伸向室外，
为了迎接光明，
他不怕风霜的侵袭。

于是他的叶苗变得青绿肥壮，
不久他将闯出应开的花朵。

一九四二，十二月二十二日

选自 1943 年《文艺先锋》第 2 卷第 1 期

陈道谟

|作者简介|　　陈道谟（1918—2017），四川灌县（今四川都江堰）人，笔名芜鸣、晴空、健夫等。1938 年考入成都石室中学，曾先后参与华西文艺社、挥戈文艺社等文艺社团，创办《挥戈文艺》月刊，大量作品发表于《抗战文艺》等刊物。著有诗集《诚实的歌唱》《眷春集》《露珠集》《吹不灭的灯火》《留下星星点点》等。中华人民共和国成立后，在灌县中学任教。晚年居都江堰，担任玉垒诗社社长，主编《萤》《玉垒》等诗刊。

窗

以各种不同的形式
窗在屋壁上张开了嘴
太阳发出金色的光芒
向它投射
鲜馥的空气向它拥挤而来

当我放开嗓子向屋外歌唱的时候

窗作了播音器口

让声音更嘹亮的滚滚而去

去告诉雀鸟们说

窗内有人在欢喜呵

在孤寂的屋里

窗成了我的情伴

成了屋外景物觅视我的眼睛

是呵，有窗的屋子才是明亮的

于是我对窗留下了不灭的深恋

十二月五日夜于成都

选自 1944 年《抗战文艺》第 9 卷第 3—4 期，署名芜鸣

冷　街

移动着饥饿的两腿

步行在漫长的冷街

风呵，吹动起我的单衣

像纸鸢的尾巴飘舞在天空

我笔伸起身腰

让火热的赤心抵抗着寒冷

就夜深了么

远处已响起更声

街灯与街灯距离得很远
又那么暗淡
商店已多数闭门了
夜街呵，如此冷冻而恬静呀

后面有嘶哑的哭声
是谁家失掉的孩子吗
冷街添了凄凉

夜真是深了呵
而冷街还卷起风砂
燃着一双得意的笑眼
黑亮的汽车跑过去了
又一辆跑过去了
响着尖脆的铃声
私包车也飞速的跑出去了
很忙碌的跑过去了
而我却在漫长的冷街
移着两条饥饿的腿
向远处的陋巷
一间肮脏的破小屋走去

那孩子仍在后面哭泣哪
而且在后面哀求了
"先生，我冷呵
　　　我饿呵

给我一点钱吧"
我没有回答
我依然移动着饥饿的两腿
而那孩子越是哭得厉害

一月十五日于成都

选自 1944 年《火之源》第 1 期，署名芜鸣

拾狗粪的人

多早多早的
他就担负起粪筐
携带着一把为锈粪粘满而快要破烂的小铁铲
从那边荒林走过来了

他是低着头的，没有向上望
莫不是怕见蓝高的天空么
他是走在荒林与污秽角落里的
莫不是怕走上坦洁的大道么

低着头
荒林与污秽的角落中
那才有拾狗粪的希望呀

在腐臭得像狗粪一样的生活圈子里

拾狗粪的人

是不会感到人世上有愉快同芳香的

然而他知道光明的日子就要来了

一九四六，四，修改于成都

选自 1946 年《唯民周刊》第 3 卷第 11 期，署名芜鸣

陈敬容

|作者简介|　　陈敬容（1917—1989），四川乐山人，原名陈懿范，笔名蓝冰、成辉、默弓、文谷等，诗人、翻译家。1932 年开始新诗创作。1934 年前往北京，陆续发表散文和新诗作品。全面抗战爆发后回到成都，参加中华全国文艺界抗敌协会成都分会。1945 年到重庆，任《文史》杂志和文通书局编辑等职。1948 年参与创办《中国新诗》杂志。1949 年入华北大学。1956 年任《世界文学》编辑，从事翻译和编辑工作。著有诗集《星雨集》、《盈盈集》、《交响集》、《九叶集》（合著）、《老去的是时间》、《陈敬容选集》等。主要作品收入《陈敬容诗文集》。

十　月

纸窗外风竹切切：
"峨嵋，峨嵋，
古幽灵之穴……"

是谁在竹筏上

抚着横笛，

吹山头白雪如皓月？

一九三五春，北平。

选自陈敬容：《盈盈集》，文化生活出版社，1948 年

夜　客

炉火沉灭在残灰里，

是谁的手指敲落冷梦？

小门上还剩有一声剥啄。

听表声的答，暂作火车吧，

我枕下有长长的旅程，

长长的孤独。

请进来，深夜的幽客

你也许是一只猫，一个甲虫，

每夜来叩我寂寞的门。

全没有了：门上的剥啄

屋上的风。我爱这梦中山水；

谁呵，又在我梦里轻敲……

一九三五冬，北平。

选自陈敬容：《盈盈集》，文化生活出版社，1948 年

断　章

我爱长长的静静的日子，
白昼的阳光，夜晚的灯；
我爱单色纸笔，单色衣履，
我爱单色的和寥落的生。

一九三七秋，成都。

选自陈敬容：《盈盈集》，文化生活出版社，1948 年

窗

一

你的窗，
开向太阳，
开向四月的蓝天；
为何以重帘遮住，

让春风溜过如烟？

我将怎样寻找
那些寂寞的足迹，
在你静静的窗前；
我将怎样寻找
我失落的叹息？

让静夜星空
带给你我的怀想吧，
也带给你无忧的睡眠；
而我，如一个陌生客，
默默地，走过你窗前。

二

空寞锁住你的窗，
锁住我的阳光，
重帘遮断了凝望；
留下晚风如故人
幽咽在屋上。

远去了，你带着
照彻我阴影的
你的明灯；
我独自迷失于
无尽的黄昏。

我有不安的睡梦

与严寒的隆冬；

而我的窗——

开向黑夜

开向无言的星空！

一九三九，四月，成都。

选自陈敬容：《盈盈集》，文化生活出版社，1948 年

风　夜

你寻觅什么，

在屋上疾疾地走？

你失落了什么，

向星群呼吼？

静静吧，静静吧，

黑猫去了，

它眼中的火

在颤抖。

你失落了什么，

在窗前疾疾地走；

你寻觅什么，

向暗角招手？

来呵，我的朋友，
将黄叶覆上我的脸，我的手；
听那呼唤……近了，那呼唤；
听呵，听呵，我要走！

一九四二春，兰州。
选自陈敬容：《盈盈集》，文化生活出版社，1948 年

风　暴

风暴正在卷来，
　　正在卷来；
当月光下谁叩着船舷，
说九月的海水太平静了。

梦中也有一片茫茫的水和天。
在遥远的水天的一线
永系着那对于无数
陌生事物的焦渴的怀念。

啊，洁白的海鸟，从不
倦于云彩和波涛——
让生命，那独自

在暗角饮泣的生命

也附上你们任一轻快的羽毛，
去多多地承受阳光，
　　更以至大的感激，
迎接一切美丽的风暴！

一九四五年一月，平凉旅次。

选自陈敬容：《盈盈集》，文化生活出版社，1948 年

边缘外的边缘

我是引满了风的
一片白帆，
我是蓄满着渴意的
一道河溪；
我是一支白色的蜡烛
安静地燃烧，
燃烧而且照亮着
夜的长堤。

哪一个港岸
我将去投宿？
什么花将飘落在
我的温暖的水波？

风啊，雨啊，假若
你们向我发怒，
从你们发怒的琴弦上
也只能弹奏出
我燃烧的颂歌。

我的痛苦和
我的欢欣吗，
它们都是最犀利的
刀斧和凿子，
可以穿透所有
坚硬的顽固的岩石。

在黑夜的堤外，
我有一片年青的草原，
在那儿露珠带着
新鲜的战栗；
它铺展着有如
一个绿色的希望，
温柔地延伸
向边缘外的边缘。

四，二十八晨。

选自陈敬容：《盈盈集》，文化生活出版社，1948 年

新鲜的焦渴

我怀念你们，一些
永不复来的时光；
因为在回忆中
秋雨也温暖，
乌云的颜色也很淡。

但是我更怀念
不可知的未来的日子；
在希望中黄昏永远像黎明，
有太阳，有飞鸟，
有轻风拂树的微颤。

我掬饮过很多种泉水，
很多，很多，但它们
没有将我的焦渴冲淡；
从江河到江河，
从海洋到海洋……
我不知道哪一天
才能找到生命的丰满。

我焦渴着。通过了
多少欢乐，多少忧患，

我的灵魂不安地炽燃；
我厌倦今日，
厌倦刚刚逝去的瞬间——
甚至连我的焦渴我也要厌倦，
假若它已经不够新鲜。

五，十三日。

选自陈敬容：《盈盈集》，文化生活出版社，1948 年

律　动

水波的起伏，
雨声的断续，
远钟的幽扬……

和灼热而温柔的
你底心的跳荡——

谁的意旨，谁的手呵
将律动安排在
每一个动作，
每一声音响？

宇宙呼吸着，
你呼吸着；

一株草，一只蚂蚁
也呼吸着。

停匀的呼吸，
停匀的幽咽，
停匀的歌唱——

谁的意旨，谁的手呵
将律动付与了
每一个"动"的意象？

宇宙永在着，
生命永在着，
律动，永在着；

而我心灵的窗上
每夜颤动着
你，我的永恒的星光！

五，十六晨。

选自陈敬容：《盈盈集》，文化生活出版社，1948 年

船舶和我们

在热闹的港口

船舶和船舶
载着不同的人群
不同的希望
各自航去

人们在大街上漠然行过，
漠然地扬起尘灰，
让语音汇成一片喧嚷，
人们来来去去，各人
紧抱着自己的命运。

但在风浪翻涌的海面，
船舶和船舶亲切地招手，
当它们偶然相遇；

而在荒凉的深山或孤岛上，
人们的耳朵又焦急地
等待着一些陌生的话语。

六，廿一，晨。

选自陈敬容：《盈盈集》，文化生活出版社，1948 年

划　分

我常常停步于

偶然行过的一片风
我往往迷失于
偶然飘来的一声钟
无云的蓝空
也引起我的怅望
我啜饮同样的碧意
从一株草或是一棵松

待发的船只
待振的羽翅
箭呵，惑乱的弦上
埋藏着你的飞驰
火警之夜
有奔逃的影子

在熟习的事物前面
突然感到的陌生
将宇宙和我们
断然地划分

3.28.

选自陈敬容：《交响集》，星群出版社，1948 年

雨　后

雨后黄昏的天空，
静穆如祈祷女肩上的披巾，
树叶的碧意是一个流动的海，
烦热的躯体在那儿沐浴。

我们避雨到槐树底下，
坐着看雨后的云霞，
看黄昏退落，看黑夜行进，
看林梢闪出第一颗星星。

有什么在时间里沉睡，
带着假想的悲哀？
从岁月里常常有什么飞去，
又有什么悄悄地飞来。

我们手握着手，心靠着心，
溪水默默地向我们倾听，
当一只青蛙在草上跳跃，
我仿佛看见大地眨着眼睛。

7.25.

选自陈敬容：《交响集》，星群出版社，1948 年

过　程

大地腐烂了，
蛆虫爬出来
吸取垃圾堆里蒸发的气息，
苍蝇们贪馋地
望着战场上的死尸
舐舐嘴唇。

大地腐烂了，
血流出来，
流成河，流成海，
淹没了城市和村庄。
把坦白与无辜一齐冲走，
"大减价——世纪的良心！"
孤舟上有人高声叫卖。

腐烂。
痛苦的过程。
时代喘息着在等候，
等大地烂一个透熟：

那时罪恶的血液凝冻，
新肉在疮痂下面长成，

当创痕终于平复，

来，还你一个新面目。

10. 30.

选自陈敬容：《交响集》，星群出版社，1948 年

逻辑病者的春天

一

流得最快的水

像不在流；

转得飞快的轮子

像不在转；

笑得太厉害的脸孔

就像在哭；

太强烈的光耀眼，

叫你像在黑暗中一样

看不见。

完整等于缺陷。

饱和等于空虚。

最大等于最小。

零等于无限。

终是古老又古老，这世界
却仿佛永远新鲜：
把老祖母的箱笼翻出来
可以开一个漂亮的时装店。

二

多少形象、姿势、符号和声音，
我们早已厌倦。咦，
你倒是一直不老呵，这个蓝天！
温暖的春天的晨朝，
阳光下有轰炸机盘旋。

自然是一座大病院，
春天是医生，阳光是药，
叫一切疲病的灵魂苏醒，
叫枯死的草木复活。

我们有一千个倦怠，一万个累，
日子无情地往背脊上堆。
春天来了，也想
伸一伸懒腰，打两个呵欠。

尽管想象里有无边的绿，
可是水，水，水呵，
我们依旧怀抱着
不尽的渴。

三

生活在生活中，
吃喝，工作，睡眠；
有所谓而笑，有所谓而哭，
一点都不嫌突兀。

斑鸠在晴天悲鸣，
呼唤着风风雨雨，
可怜，可怜，最可怜是希望。
有时就渴死在绝望里。

筑起意志的壁垒
然后再徘徊；
你宽恕着
又痛恨着你自己。

四

睡梦里忽然刮大风，
夹带着一片犬吠，
风静后谁家的一扇
沉重的门，沉重地关上了，
仿佛就是我，被关在
睡眠之外，独听远远地
一列火车急驰的声音。

呵，咳，西北利亚的
寒流，早已过去——

那么现在是真正的
春天？是呵，你不见
阳光已开始软绵，
杨柳垂了丝，
大地生了绿头发，
连风也喝醉了酒？

我们只等待雷声。
雷，春天的第一阵雷。
将会惊醒虫豸们的瞌睡；
它应该是真正的鸣雷，
而不仅仅是这个天空的
伤了风的咳嗽。

五

儿童节，有几个幸运儿童，
在纪念会上装束辉煌，
行礼，背讲演词，受奖；
而无数童工在工厂里，
被八小时，十小时以上的
苦工，摧毁着健康。

欺骗和谎话原是一家，
春天，我们知道你有

够多的短暂的花，
追悼会，凄凉的喇叭在吹，
我们活着的，却没有工夫
一径流眼泪。

我们是现代都市里
渺小的沙丁鱼：
无论衣食住行，
全是个挤！不挤容不下你。
鸟兽虫鱼全分不到
我们的关心，就是
悲欢离合，也都很平常，
一切被挤放逐，
成了空白。

昨夜梦到今朝已引不起惆怅，
山山水水，失去了梦中桥梁；
清明或是中秋，
总难管风雨和月亮。

永远有话要说，有事要做；
每一个终结后面又一个开始。
一旦你如果完全停住，
不管愿不愿，那就是死。

一九四七年四月，一至五日，上海。

选自 1947 年《文艺复兴》第 3 卷第 4 期

力的前奏

歌者蓄满了声音
在一瞬的震颤中凝神

舞者为一个姿势
拼聚了一生的呼吸

天空的云，地上的海洋
在大风暴来到之前
有着可怕的寂静

全人类的热情汇合交融
在痛苦的挣扎里守候
一个共同的黎明

4.16.

选自陈敬容：《交响集》，星群出版社，1948 年

风雨夜

一夜风雨中度过了无数岁月：

做荒凉的梦，流感伤的眼泪，
鸟声里有零落的记忆，
近的门窗，遥远的消息——
谁的手指叩开过低垂的云天？
沙漠的旅行人把最后一只骆驼
杀掉，取出的水没有止住渴，
终还是因渴而死，给风沙埋没，
千万年后才有人掘出他们的白骨。

别笑我对于大海的固执的怀念。
你唱你的昨日之歌，
读斑剥的古碑，
讲那些看不见的往昔年华……
我倦，我瞌睡，哦，听一片
澎湃的涛声！它从哪里来？
它呼喊，它召唤，要我追上
一群群白鸥，在风雨中奋飞。

5.2.

选自陈敬容：《交响集》，星群出版社，1948 年

冬日黄昏桥上

桥下是污黑的河水
桥两头是栉比的房屋

桥上是人

摩肩接踵的人

和车辆，喇叭与铃声

冬日黄昏的天空暗沉沉

将落的太阳

只增加入夜的寒冷

人们多么疲倦

而又焦急

你们低着头或是扬着脸

生命的琴键上

正奏起一片风雨之声

你们有的疾疾奔赴

有的又踌躇举步

（唉，这太多的

太多的尘土！）

当夜晚到来

多少窗上要亮起灯火

多少盛筵要在

机械的笑容下展开

多少人要回家去

一面叹着气

一面咽下他们的晚餐

当夜晚到来

多少船只要停泊在

休息的港岸

一个个墙角，屋隅，或是
随便什么躲避寒风的所在
躺下去
也许从此再不起来

黑夜将要揭露
这世界的真实面目
黄昏是它的序幕
这世界上很多座桥
很多人在这些桥上走过

11. 21.

选自陈敬容：《交响集》，星群出版社，1948 年

陌生的我

我时常看见自己
是另一个陌生的存在
独自想着陌生的思想
当我在街头兀立
一片风猛然袭来
我看着一个陌生的我
对着陌生的世界

许多熟悉的事物
我穿的衣裳

我住的房屋

我爱读的书籍

我爱听的音乐

它们都不是真正属于我

就连我的五官四肢

我说话的声音

我走路的姿势

也不过是一般之中的

一个偶然

在空间里和时间里

我随时占有

又随时失去

我如何能夸说

给出什么我的所有

虽然人类舞台上

永在扮演取予的悲剧

我没有我自己

当我写着短短的的诗

或是长长的信

我想试把睡梦里

一片阳光的暖意

织进别人的思想里去

11. 26.

选自陈敬容：《交响集》，星群出版社，1948 年

陈 铨

| 作者简介 |　　陈铨（1905—1969），四川富顺人，原名陈大铨，字涛西，笔名 T、涛西、涛每等。早年就读于清华大学，先后赴美国、德国留学。1934 年回国，在清华大学、武汉大学、西南联大等校任教。1940 年与林同济等人在昆明创办《战国策》半月刊，后又编辑《大公报》副刊《战国》。著有诗集《哀梦影》，长篇小说《天问》《彷徨中的冷静》《死灰》等，散文集《再见，冷荇》《归鸿》，剧本《金指环》《蓝蝴蝶》《野玫瑰》等，论著《从叔本华到尼采》等。

第一次的祈祷

我虔求仁慈的上帝，
使我不再回忆这些。
这些，这些，
这些都是不堪的回忆！

算来我只有一颗心，

算来我只送人一次。
然而，然而，
然而这颗心已击成粉碎！

如今我心魂已没有归依，
在茫茫宇宙中，我将从何处得归依？
归依，归依，
残月临轻柳，
新荷湿绿衣，
我百无聊赖的心呵！
如何使我这般憔悴？

诚知爱途充满椎荆棘，
人生离不了孤栖，
但是心心相印的情人，
谁还觉得宇宙间的变易？
变易，变易，
你是人们的恶魔，
你是爱神的仇敌。

在凄清的寒夜，
我偷偷的走到荒地，
我手执明晃晃的钢刀，
想把一缕缕的情丝割断了。
但是，但是，
但是在失意的人们呵！
钢刀无力举起！

湖山倒还依旧，
梦幻已经成过去了，
板起冰凝面孔的荷池，
怎能，怎能，
怎能不令人了心饮泣？

白云再不卷巫峰，
春风吹不皱池水。
如今我和她中间一切都定了。
我是已经死了的人还有
什么，什么，
什么能使我心魂安慰？
愿把我的心化作灰飞，
飞，飞，飞，
飞到杳无边际，
不知道什么是悲哀，
也不想从前的甜蜜。
不料，不料，
不料深深的创痕
他不让我扬长而去。
天呵！
是意绪的牵缠，
还是命运来捣鬼？

我只有虔求仁慈的上帝，
使我不要回忆这些，

这些，这些，
这些都是不堪的回忆！

十四，六，一，清华。

选自 1925 年《清华文艺》第 1 卷第 1 期，署名涛每

期　待

斜晖照遍山城，
江水滚滚东行。
我一人痴立江边，
遥望着上游行船。

行船载来了你，
离愁一齐收起。
好容易行船抵岸，
遍寻你踪迹不见。

皓月已是当头，
江水滚滚东流。
我一人痴立江边，
仍望着上游行船。

选自 1943 年《民族文学》第 1 卷第 3 期

那一天

那一天你到我的书房，
一阵阵热泪湿透衣裳，
你说你亲老家贫，
并非是轻视旧情。

你走后我独坐书房，
呆望着窗外土墙，
土墙上一缕斜阳，
返照我万重凄凉。

选自 1943 年《民族文学》第 1 卷第 3 期

战的哲学

和平是人类本性，
战争是天地不仁。
虎豹不与绵羊嬉戏，
蚊虫专靠鲜血生存。

农夫尽日芟除野草，

猎户通宵守候山林。
弋人弯弓仰望青天，
渔夫举网潜行水滨。

历史用血泪写成，
世界从冲突产生。
和平是人类本性，
战争是天地不仁。

选自 1944 年《民族文学》第 1 卷第 5 期

陈思苓

| 作者简介 |　　陈思苓（1914—1998），四川广安人，笔名思苓、白仑等。1937年春参加成都文艺工作者协会。1938年7月毕业于四川大学，曾参与出版《金箭》月刊等刊物。后在成都市南虹艺专、成都省立女子中学、成都省立第一女子师范、成都市协进中学等校任国文教员。1945年起在四川大学工作。其文学作品多散见于《前进》《金箭》《笔阵》等战时刊物。

寂寞的川

周遭的寂寞，
如一湾碧漪的晴川——
把形骸制成扁舟，
把影子悬起风帆；
两岸是凄迷的树色，
弥空是玲珑的月烟。

灵魂褪下
记忆的衣裳——
洗涤着微斑的泪点，
洗涤着凝腻的幽怨……
生命的浪花呀，璀璨地，
随寂寞的寒流凋残！

一九三六，十月。

选自 1936 年《前进》第 4 期，署名思苓

血　碑

荒村外蠕行着一串饥饿的心
逃亡的足在焦土上打着烙印
苦涩的尖脸描出非人的故事
连阡陌如断岩边觅食的狼群

骄阳的金箭要射穿嶙峋的坟园
爸爸噎着气如屋顶断续的炊烟
让跫音跋涉过山道中迢递劳顿
惶恐中阿毛紧抱住垫卧的枯腕

一只吊舌的野狗绕着爸爸作怪
阿毛捡起惊惧的石子把它赶开
两只红眼里撩拨出恶意的狂嗥
惊醒爸爸的肠胃变成毒蛇萦回

突地野狗钻进了颓破的坟洞
爸爸牙在响手在颤变了颜容
阿毛悄声地嚼着如鞭的墓草
爸爸的眼角幻出狰狞的恶梦

爸爸无言地蹩过了几座坟头
在一块石碑前伸颈向四处瞅
这荒地阿毛不信能觅出死鼠
但爸爸苦着脸扬起污黑的手

阿毛兴致地将爬近残缺的石碑
呀！爸爸竟蓦地按住了瘦瘪的背
"爸你？"阿毛瞥见他曾割草的镰刀
惨叫的血花在阿毛的颈边喷飞

爸爸疯狂地啃着小腿还在噜苏
只是痉挛的尖腮两行泪痕模糊
哎，是何处惊起一片急趋的狗吠
急喘的红眼里燃着饕餮的愤怒

恨镰刀怎割不断野性的咆哮
啊，爸爸竟被欲火的毒牙咬倒
但衣袋中的"粮卷"还活在人间
恐来朝这白骨也将拘入囚牢

一九三七，六，一。

选自 1937 年《金箭》第 1 卷第 2 期，署名思苓

农村进行曲

病了的农村——
呕出遍野瘦削的人！
饥饿焚着朝阳，
死亡葬着黄昏。

田原盛开的梦——
却结下苦涩的愁容。
希望如枯萎的残叶，
卷没在凛烈的西风。

大路上有不断的蓬车，
千万粒谷米，千万声悲嗟！
往时满载如山，
归来一筐烟霞。

烈日下，种着血汗，
仓库里，不盈一餐；
把机杼夜夜穿过三更。
却难补败瓦颓垣。

时光，踏过了春，逾过了秋，
驱逐着生活，狼狈地飘流。
都市的腹，渐渐膨胀；

荒凉的农村，如座坟丘。

整日地嚼着凝滞的悲哀，
让悲哀溶化形骸。
华丽的门槛，诱出千万只垢手，
乞过小巷；又乞过长街。

问何处，是归宿的故乡？
黯淡的檐下，焦灼地彷徨。
轻回顾，玻窗里隐约佳肴；
待搔头，红楼中的歌声飘荡。

千万颗炽热的心，跳，跳……
淹没在如冰的寒窑——
用残喘的力，击破大地的梦吧，
要在黑夜里，掘出光明的清晓！

一九三六，十二月。

选自 1937 年《前进》第 6 期，署名思苓

鬼　市

霓虹管，瓦斯灯……
钟楼叫着沉闷，
街上的星，天外的星……
交织着喧嚣的碎影。

卖报童苦诉着敌机的罪过，
千里外的都市袭来血腥，
"抗战"的触手迎夜暗淡，
遍街头滉漾着古色的梦境。

电影广告向行人撒弄娇痴，
抗战标语寂寞地让风吹雨淋，
听不清戏院传来谑浪的笑，
看百货店里装饰灵魂！
莫问茶客们鼻尖的烟圈，
女茶房的媚笑，揉软了脚跟。

玻柜里挤满了多情的衣料，
对镜中将裹上一身高兴，
钞票真是解事的奴仆，
店员们从算盘漏个殷勤，
"义卖"学生的嘴似乎有刺，
痛刺了经理先生的掌心！

绅士的帽边儿涂满骄傲，
女大氅的睫毛下叫卖柔情，
走过了油头粉面的理发匠。
小白脸的步法也还袅婷，
车夫讥嘲着那迷路乡坝老，
公务员偏死盯住私娼的背影。

一阵梵娥铃，一声胡琴……
转僻角有"大相士"赠送命运，
"街头剧"的锣儿只敢在巷街里响，
警察的两臂勤勉地作了汽车的南针，
洋楼中的麻雀牌要"抗战到底"……
"夜来香"熏醉了华筵上的要人！

一更，二更，三更……
会有谁凭吊这悲怆的夜景——
江南的血潮沿溯巫峡汹涌，
塞外的腥风卷过剑门。

二八，一，二八前夕。

选自 1939 年《笔阵》第 4 期，署名思岑

陈炜谟

|作者简介| 陈炜谟（1903—1955），四川泸县（今四川泸州）人，字叔华，笔名楚茨、有熊、契阔、容舟、斯华年、陈迟等。1921年考入北京大学英文系预科班。1922年参与组织浅草社，从事文学创作。1925年参与组织沉钟社。1927年毕业后，在哈尔滨、天津、重庆等地任教。抗战期间，参加中华全国文艺界抗敌协会成都分会。1946年到四川大学任教。著有短篇小说集《信号》《炉边》等。主要作品收入《陈炜谟文集》。

甜水歌

残叶杂乱的飞，
湿云低矮的盖。
水波蒙蒙，
长江如带。
离巢的小鸟，
唱着凄咽的挽歌，

一声声道："我们究竟要归宿到那儿在？"

烟囱矗立，
树影朦胧；
雨声淅沥，
白雾重重。
南也是沙岸，
北也是沙岸。
浮桥搭，
划船断。
瞻望水镜无帆影，
益显波心秋色恒。
"这是上帝创造的美丽的花园！"
长江，
智慧的宝库
时间的总集，
你别欺诳我！

世事如烟，
烟消雾灭，空气中并无一星火点。
人生若梦，
梦醒魂开，脑海中只有憧影迷恋。
空幻！空幻！
理想国中火点星星，
乌托邦里残影乱乱！

廿年来经过多少变乱：①

有多少水流入海中？

有多少云在空中消散？

地球绕日二十转，

春去秋来靡或断。

风凄，月苦，

霜降，雨溅，——

趁青春鲜蘤，努力鏖一场血战！

为陶朱而战！

为西施而战！

任闺女心悸胆裂，横身肉战，

任寡妇独对青灯，数雨点　空自叹！

生在这荒榛断梗的焦土，

便是司妥耶克②也会心酸。

处在这冰山浪柱的海中，

便是阿蒲米西③也会胆寒。

荆棘纵横，

坑阱散漫。

乱！

乱！

流不尽的眼泪！

铲不完的灾难！

天血飞，

---

① 余今年二十岁。——原注
② Stoic——原注
③ Optimist——原注

天泪溅！
长江，
你究竟要带我到西北，或东南？

长江！亘古不灭的长江！
谁说你是智慧的明星？
谁说你是百流的总干？
你流自终岁积雪的昆仑，
你浇不尽腥血淋漓的川乱。
你流活活，
你声潺潺，
但你不能安慰我心头的黯淡。

你披霜戴雪，尝遍人间清苦的长江哟！
你足迹遍东南，寿命高过彭祖的长江哟！
你能否告诉我？
眉山山下有座万景桥：
碧水，
蚯蚓般的穿绕；
轻舟，
海鸥似的飘摇。
桥东艳滴红玫瑰；
桥西香凝白连翘；
桥南有墓曰"香冢"，
桥北有亭曰"逍遥"。
村农打盹，
耕牛叫号。

有一女子在亭中，

佩螺甸，

饰琼瑶。

手倚着爱人的膀臂，

不住地冷笑——

笑那山脚呆立的青年，

淡服装，

蓬头发，

空抱着寂寥，

空抱着坟墓般的寂寥！

你滔滔汨汨的长江哟！

你沖瀜沆漾的长江哟！

你能否告诉我？

巫山十二峰，峰中有个马肝峡，

境界毗连人髻山。

浪花银放，

岩石刀巉。

白骨森森，

溯源流，得毋是敢死场上的遗产？

鬼哭咻咻，

唱同调，怕只有无缘塔上的寒蝉？

呀呀，寒蝉！

你为什么不住地吁嗟咽叹？

你为什么泪湿衣衫？

世间事你要冷淡，

莫把小溪当大川。

快倾圮你希望的灯塔，
快毁灭你心灯的桅杆。

长江！
亘古不灭的长江哟！
你发源西北
你流向东南。
有多少大厦倾圮在你脚底，
有多少碧玉装饰在你胸畔。
你见过几许橄榄石，云母石，水草玛瑙的闪烁？
你见过几许月光石，孔雀石紫色螺钿的光芒？
但我只是不解：
为何你呈现在我目前——
只是一片铺着萍藻的枯塘！

残叶杂乱的飞，
湿云低矮的盖，
水波蒙蒙，
一川如带。
长江，
你究竟要带我到那儿在？

思渴咽咽，
愁债累累，
谁能在木樨上摘一粒果实，
谁能在沙漠着取一勺甜水？

罢，罢，罢！

别再同十三行的白纸黄莺婉啭般的情话！

别再同八千里的长江叨叨絮絮地叱咤！

去，去，去！

去拜倒在朱轮下！

去拜倒在华盖下！

拜倒在金丝白利①的石榴裙下！

拜倒在黑如勒狮②的大铁椎下！

Hurrah！ Hurrah！ Hurrah！

我向一切的人们告罪。

Hurrah！ Hurrah！ Hurrah！

我向一切的人们下跪：

我愿盔缨之家万岁！

我愿狼笑之家万岁！

明眸皓齿万岁！

绯颊丹唇万岁！

一切的翠钿螺钿万岁万万岁！

　　今年暑假返川，川乱不已。假满，欲走者再，均以路途有梗，不获成行。九月一号在泸县图书馆三层楼上候轮。细雨霏霏，大江滚滚。江面杳无船只，第见浮桥二三而已。心绪紊乱，写此遣怀。

选自 1923 年《浅草》第 1 卷第 3 期

————————

① Queensberry——原注

② Hercules——原注

总有一天

寒流来了，从北方
从那严寒扼杀的地带
冰雪冻结了
热情，还有那一份良知
在炮火开花中失落

冲破那漫天的云雾
有候鸟
到南方去，向南方
寻觅那温暖的草原
指着大海
说你对季节的忠实

冬天总不会长久的
一个河流解冻的
日子，春暖花开
南归的候鸟振动快活的翅膀
别专心计算行期吧
总有一天
石头压着的小草也要抽芽
那日子就站在你的前面

选自 1948 年《书报精华月刊》第 44 期，署名陈迟

永　恒

　　　你是一棵常绿的冬青树
而我底瘦长的个子
　　　就像我家门口的长春竹
我们不开花
　　　因为花朵
　　　只是装饰
我们一同长大的
我们有太阳的传统
　　　因为沉默
　　　所以永恒

　　　　　　　　选自 1948 年《书报精华月刊》第 44 期，署名陈迟

陈竹影

|作者简介|　　陈竹影（1903—1973），四川成都人，浅草社成员。早期曾参与出版《妇女月刊》。中华人民共和国成立后，曾赴齐齐哈尔任教，后调回成都工作。其文学作品散见于《浅草》《奋斗月刊》等刊物。

月　光

月光已上了最高的墙头，
金色的落霞已在天边浮着，
这是黄昏又将要到了。
我心中悲哀
我不知道为什么要那样懦弱地请求：
"光阴啊，你不能为我稍住么？"

一九二三，一，六，上海。

选自 1923 年《浅草》第 1 卷第 1 期

雪是霏霏地下了

雪是霏霏地下了，
只是我心中的悲哀
一丝也抑遏不住，
我也愿飘到人家的庭院中
融化在人们的足底，
使我的悲哀也同样地融化去。

白了，
一切屋顶都盖成银瓦了。
我知道母亲此时一定是在念她不听话的孩子呢。

选自 1923 年《浅草》第 1 卷第 1 期

慰　语

爱者！你还记得，
那一个朦胧的月夜，
我们同立在江边的小船上，
江天浩淼，万籁无声。
你说，

"忘去了那些伤心的往事罢，
我们今后只有欢乐了！"

爱者！你还记得，
那一个清明和缓的春天，
我们在海浪翻滚着的岸边，
携手同行，低声细语。
你说，
"我将沉溺在这动人的爱泉里了
我们永远互相紧抱持着罢！"

爱者！你还记得，
那一个明彻的秋月夜里，
我们同坐在湖滨的青草地上，
月色皓洁，辉映着湖光树影。
你说，
"我们谁能舍去了谁呢？
只有世界末日来临的那一天了。"

爱者！你还记得，
那一个阴沉黑暗的夜里，
我们并坐在灯光下，
低头垂泪，相对无语。
后来你说，
"你何苦尽哭呢？——
现在我并不会不爱你，你
也不是不爱我呀！"

呵，爱者！你为什么，

今朝，又流泪了呢?

你怎么又悲愁往事了呢?

你怎么又忧虑将来了呢?

你又是说过,

"我并不曾不爱你,

你也不是不爱我呀!"

选自 1929 年《新女性》第 4 卷第 5 期

程　铮

| 作者简介 |　　程铮，生卒年不详，江苏宜兴人。抗战时期寓居重庆，主要作品散见于《新蜀报》《国民公报》等大后方报刊，著有诗集《风铃集》《憧憬集》。

遥　望

假如我会扯去那白云，
有如拉开那窗帘：
就把重山也搬去了。
在这里摩天的高峰上，
建起穿空的望乡台。
循着扬子江看去：
那遥远的故乡——

白云茫茫
林树苍苍

湖水汪洋

重重的隔离了我的故乡。

不知是烟雾迷离呢？

还是我的眼泪已经盈眶？

只见一片模糊的景象。

我不敢想起，故乡

正驰骋着残暴的铁蹄。

龙钟的老父，正低头

思量爱儿在叹息。

爸爸呀，你想起了暮年的凄冷么？

为什么要掉下颓伤的眼泪呢？

我怕想起秋雨的淅沥，

但是我已经想起了，我要

跳入大江，随着流水滚去！

我不敢想起，故乡

正驰骋着残暴的铁蹄。

母亲的坟茔上

冷风拂动了衰草，

谁去打扫草丛的落叶？

母亲呀，爱儿要回来了！

你墓头的草慢些儿变青罢，

我怕想起春天，牧童以为

是无人飘祭的荒冢。

但是我已经想起了，我要

跳入大江，随着流水滚去！

我不敢想起，故乡
正驰骋着残暴的铁蹄。
破屋里她抚怜着爱儿——
更抚怜她心中的挂念吧？
墙角里幻觉有瘦长的身影吧？
秋海棠引起了她的憧憬吗？
寒夜侵扰了她的睡梦吧？
她低低地哭泣为了什么呢！
我怕想起泪水停在她小涡里。
但是我已经想起了，我要
跳入大江，随着流水滚去！

我不敢想起，故乡
正驰骋着残暴的铁蹄。
爱儿睁眼就叫着"爸爸在那里？"
伸着小手儿，真讨人的欢喜哩！
这样儿曾在我垂老的
爸妈的心上开过一朵鲜花，
我的心里也爬过一阵愉快。
他也许会向妈妈要着爸爸吧？
我怕想起我的爱儿的心——
如一面破碎了的小圆镜。
但是我已经想起了，我要
跳入大江，随着流水滚去！

我不敢想起，故乡

正驰骋着残暴的铁蹄。

…………

…………

但是我想得已变成了疯子，

跳入大江去罢，让浪涛卷没了我的身体。

白云茫茫，

林树苍苍，

湖水汪洋，

重重隔离了我的故乡。

我不知是烟雾迷离呢？

还是我的眼泪已经盈眶？

只见一片模糊的景象。

二十七，十，一，重庆

选自 1939 年《现代读物》第 4 卷第 6—7 期

让我走吧

摆一下身躯，

让我走吧。

生活的枷锁，

朋友热情的手臂

拉住我。

摆一下身躯，

让我走吧。

我耐不住
窒息沉闷的
头顶一方天。
五六个人，
呼吸着一方丈凝固的空气。
压低的天花板，
怎比得海底般的苍穹？
摆一下身躯，
让我走吧。

我怀念：
江南平原
河港弯曲着流水。
"杨柳岸，
晓风残月。"
我记得：
"斜阳外——
寒鸦万点，
流水绕孤村。"
我记得：
"暮春三月，
江南草长，
杂花生树，
群莺乱飞。"
我记得：

"……

……"

我吟诵过：

"小船冲破

鱼鳞似的柔波。

微风划破

垂帘似的柳条。

桃花怒放了，

清香随风到，

万片白李花，

伴落细雨飘。"

这里是：

坡接着坡，

山连着山。

我鹏鸟般的翅膀，

老洗着这定量的空气！

我鲸游的长尾。

老摇动在这沟似的江流！

我钦羡：

高楼远看大地的边缘，

大海翻滚不倦的银波。

三月八月的季候风，

相同狂吼的吹击，

沐浴我一身轻飘。

摆一下身躯。

让我走吧。

我从炮火的焦土上走来，
那时，只知逐水草而居。
走着，走向遥远，
离开我生地远了。
我想念家，
爱听一片乡音。
随行的一群伙伴星散了
我怀念稔熟的脸影。
往时的千百头小白羊，
我爱抚摸他柔顺的头发。
现在，我的牧歌，
只剩下孤独的清唱。
摇拂着软鞭，
听到寒冷的风响。
我的羊群呵，
遍散在江南
他们在恐怖中成长，
嚼食着毒害的蒿草；
我担忧他们不再是健康。
那知雪花比白的纯洁，
染上血泪斑斓。
这儿的一群，
不向我亲热的呼唤，
我止不住哽咽哭泣。
摆一下身躯，
让我走吧。

那遥远的一条线；

人的流对撞着，

死亡和流亡对撞着；

血肉仿佛花雨飞溅。

在那晴朗的碧空下，

多少人忘记了呼吸。

躺着，蜷屈着……

纵横是永远的安息。

那像猛兽攀着山藤的人们。

成排的拉着峭岩的胸脯爬上。

成排的从不知何方来的子弹，

抖落许多成熟的山果，

从陡壁滚下！

从陡壁滚下！

他们割断人间的殷望，

永听那幽涧的石瑟。

他们需要人去补充

我，百五十度的近视眼，

虽难胜任重要的射击手，

背伤兵，送子弹，做茶饭，

看护荣誉的战士。

我能去！

我能去！

更可以用我的嘴，

　　　　我的笔，

使亲爱的将士们得到一些安慰。

让他们看到真实的

那不久来到的光明！
激越的号音吹动了，
我的心的节拍
比那整齐的步伐
跳动得更利害！
摆一下身躯，
让我走吧。

生活的枷锁，
朋友热情的手臂，
拉住我，
我将对眷恋的一切告别。
当那激越的号音吹动的时候！
摆一下身躯，
让我走吧。

二九，三，三〇，北碚

选自程铮：《憧憬集》，商务印书馆，1945 年

戴碧湘

| 作者简介 |　　戴碧湘（1918—2014），四川安岳人，原名戴自诚，字执中，笔名碧波、碧湘、沉思、戈仲卿、东方黎洪等。早年曾组织热风剧社、成都剧人协社、国防剧社，并参与编辑《诗风》《四川文学》《金箭》等刊。抗战期间曾参加成都各界救国会、民族先锋队。1935 年开始发表作品，1937 年毕业于四川艺术专科学校国画系。1960 年加入中国作家协会。著有剧本《抓壮丁》（与人合作），诗文集《浅水堂剩稿》等。

故乡梦

餐过太多的秋霜
踏过太多的湿雾
倦游人因见道旁的野红
遂酿熟暗然的怀乡梦了

有客从天边来

随带来了一片故乡的春山味

我乃探询于远来人

故乡的山是浴着温煦的阳光吗

三月的茶丛里可还唱起采茶歌呢

故园的花该繁开了吧

花红熟透了三月天

老屋前的白杨树该老迈了吧

而祖母墓前的净石上

可曾放了一束野百合

听说故人的额上都画上更深的皱纹

已作母亲的单恋女

是更温柔了吧

请告诉我

这些皆在我的怀念里

你将归去吧

请为我告诉那些山岚和松风

空谷响着的小流泉

还有那夕阳里归牧的牛羊群

谓久袂的远游子将来旧嘻游

请再告诉我静躺着的祖母吧

她久待的孙儿将归来

长伴在墓前作最后的安息

选自 1936 年《诗风》创刊号，署名碧湘

开始了伟大的争斗

来吧！来吧！

抛去了那平凡的花朵，

　　　　那平凡的爱情。

击碎吧！那死寂的沉思，

　　　　那虚渺的幻想，

窒息吧！那低微的呻吟，

　　　　那轻漠的感伤，

摔了吧！那悠曼的笛子，

　　　　那婉转的金丝雀

倾扛吧！那迷醉的酒，

　　　　那脾麻的烟，

焚毁吧！那却弱的舞姿，

撕掉吧！那冥想者的幻彩的衣裳，

奋勇的来吧！

来造成一个人类史上的伟大而美丽的日子。

自由的呼声！

殖民地的咆哮，

响彻了大地。

从亚细亚，欧罗巴，

从阿非利亚，南美利加，

从中国，高丽，印度，

从埃及，阿比西尼亚，

像一条巨大的河流泛滥了，

踏出了高山平原，涌过了深谷森林，

滚滚滚滚着汹滔的狂涛。

滚过每个人的心上，

迸出每个人的嘴上，

像一根铁链贯穿过各阶层的整齐的行列。

像沙漠的飓飚，

要卷去强暴压迫者的存在，

要淹没他们的恶迹。

从巨大的铁掌中！

夺回我们的田野，河流，山岭，和森林，

我们的自由和生命，

解除我们重负的枷锁。

为了自由和生命，

我们要整齐我们的队伍。

隔着重洋的

被拴上枷锁的弟兄啊！

就在这辽阔的海洋上紧紧的握着手，

这便当是我们五月的聚欢筵。

为了自解放和生存，

我们用我们的同伴们的爱，

来吧！来造成我们是日光烛照的光荣的人类，

我们要毁灭那些我们命运潜造者的阴影。

展开我们火炬的行列，

在太平洋上，大西洋上，

在南冰洋上，北冰洋上，在印度洋。

我们要在帝国主义的废墟上建起我们的纪念塔，

我们要在强胜弱死的恶魔辩护者的像上，

开放我们闪烁的金花，

我们夸耀着我们伟大争斗的胜利，

我们将我们心里的熊熊的火焰，

结成我们新的太阳。

八，十九夜初稿。

选自 1936 年《四川文学》第 1 卷第 5 期，署名碧湘

赠极盦

到这儿来

久违的旧伴侣

汀上含嗔的白鸥啊

但请勿给带来以

陌上的飞花

浮沉的人儿

而今已苦于竹叶的醇味哪

待沧浪一声涣笛

浮沉的人儿

遂颓然挽首

遥想起栈石星饭中的关山和明月

少年游中的琼花琪草

可是已随着岁月的沧桑老去了

倦游人乃不敢逐春郊上的轻尘

八月十九

选自 1936 年《四川文学》第 1 卷第 5 期，署名沉思

寻　找

现在我又得走了

因为我是在寻找着

从早上到黄昏

从春天到秋天

从嚣繁的都市到静寂的乡村

从峭拔的山巅到深湛的海底

从郁芬的果林到坚刺的冰川

而我却不曾因疲乏停止过我的行程

因为我是在寻找着

寻找着一件神秘而易逝的东西

主者曾给我以浓烈的热情

于是便在心底种下一颗秘密

我怀着走遍了大地的每个角落

在夜里曾穿上冥想者给与的彩裳

蹈过霓虹的幻圈

走向辽远的地方

寻找着那神秘的东西

当梦中的琼树开出繁花

我便高蹈的呼着

光　　　光　　　光

这儿准是藏珍的宝匣

宝匣中就是那整个人生的升华

痴心捕取高枝的花朵

继攀落而幻为枯蕊

遂攀落了我的梦想

黎明我又开始我寻找的行程

现在我发现了

它似一粒小的珠子

藏在心的隐晦的角隅

但它已在我消翳的眼里失去晶辉

因为我已于农场和田野上

在密密像树枝的人们握手的交错间

像斗艳的火齐连成一串火炬的心花里

它有更大的光辉炫耀着

现在我又得走了

因为我是在寻找着那件东西

八，二十三日

选自 1936 年《四川文学》第 1 卷第 5 期，署名东方黎洪

邓均吾

| 作者简介 |　邓均吾（1898—1969），四川古蔺人，原名邓成均，笔名均吾、默生、微中等。1912 年入重庆教会学校广益书院学习。1920 年出走四川到长沙，曾于上海泰东书局编译所工作，后加入创造社，参与编辑《创造季刊》《创造周报》《创造日报》等文艺刊物。1922 年参与成立浅草社，创办《浅草》文艺季刊。抗战期间，参加中华全国文化界抗敌协会成都分会，任研究部负责人和《笔阵》编委，开展抗日救亡工作。中华人民共和国成立后，历任重庆市文学艺术联合会副主席、重庆市作家协会副主席、《红岩》杂志主编。主要创作收入《邓均吾诗词选》《邓均吾诗选》等。

心潮篇（组诗）

琴　音

是那儿的琴音

偷度出那一抹幽林？

袅袅的音波，
随风荡漾，
沁入我岑寂的深心。

林边的月儿，
你可也伫立在听？

静　夜

惨白的街灯
在窗外窥人——
夜深的凄静！

滴沥的檐声，
隐约的蛙鸣——
寥寂的乐音！

甜蜜之梦不成，
只儿时的回忆
在脑海中浮泳。
儿时的回忆——
惊心的梦影！

虹

一曲的彩虹，
你可是去"乐园"的道路？

我听说"乐园"已无
你又将导我何处？
碧澄澄的天海无有尽头，
我当向那儿求我的归宿？

太阳的告别

靠近小楼窗前，
握着卷海涅诗篇，
领略那心声的幽远，
哦，一轮橙红的落日
正挂在屋角西檐。
流送她临别的眼波
好像在向我赠言：
"我要到地球那边，
恐怕我的爱人们，
已经望穿两眼。
朋友呀！我们明天再见。"

破晓的情绪

夜幕初开，
太阳的睡眼
犹自惺松着在，
隐隐的市声
渐似朝潮涌起，
夹杂着一段鸡声，

惊破了晓初的沉寂。
杂逻迷离的短梦，
刚辞了漫漫的长夜，
又加入攘攘的白日。
我倚枕尽思，
"什么是人生的意义？"

小　诗

（一）

皎洁的月儿，
你可能把我的灵魂
融化在你的幽辉里，
让我这白热了的心
冻成块晶莹的红玉？

（二）

玫瑰花的歌声
泛滥在春晨紫色的空气里，
诗人用他的心儿
在幽秘的陶醉中倾听。

深夜之巷

人海的浪涛消了，
夜深的空气
似乎凝冻着了。

寂然的深巷之中，

一个卖小食的呼叫——

受崇墉的约束，

迫出沉浊的回音，

怪似那空冢中透出的呻吟，

摇曳着，颤动着，

表现出全部人生压迫底情绪！

回忆中的景物

（一）

江如弦，

舟似箭，

指着天边弧月。

那座美秀的青山哟，

越看越远。

蒙蒙的银雾，

织就了鲛绡的一段，

遮隐了亭亭的倩影，

辨不出翠黛烟鬟。

只有红着脸的太阳

仿佛在伤离迷恋。

（二）

潋滟的波光，

蚱蜢般的小艇，

夷犹，荡漾。

举头望着天，

一群群飞雁

正向南翔

苍莽莽的圆空，

淼茫茫的烟水，

我不知身在何乡！

（三）

和平的鸟音，

幽韵的山泉，

萧修的林语，

弥满了宇宙的精灵。

在这一瞬间，

我沉默了，

肃穆了，

只觉得不寒而凄冷。

若不是那儿伐木丁丁，

我会忘记了纤徐前进。

（四）

枕着石，

瞧着天，

青天无尽头，

心神与之远。

飞云与飞鸟，

两两相眷恋，

自然怀抱中，

万物各自得！

（五）

犬吠客，
鸡呼雏，
褐色的茅庐三两处。
朴素，萧疏，
令人怀古！

白　云

蓬蓬的白云！
刚见你在山腰眠睡，
俄顷间
你便又凌风轻举；
在那缥缈的天空
伴着明媚的晚霞延伫。
蓬蓬的白云！
假如我有两道翅儿
我定要随你飞去！

印象之一

最可怜爱的
美秀的孩儿——
你落巢的雏鸟！
你小小的心儿

深藏着人世的悲哀不少！
哦，我胸中印着的小影儿
几时才能消掉！

印象之二

一座高大的公司门前，
一匹折了足的马儿蹲着，
背上还负着主人的车辄。
它也不嘶号，也不喘息，
鼻孔中却急呼着两道白气，
可怜的畜牲，
你莫怨人类的酷虐，
这都是造物者不仁！

哭

悲泣时的人生，
是何等的纯洁哟！
全灵魂的污点
给汪汪的泪泉洗净了！

小孩的哭声
胜似天使之歌，
小孩的眼泪
甜于葡萄之酒。
理智的囚奴们哟，

你们值得嗔怒他么？

淞园中

和风自云岛吹来，
暖日在青空照耀，
一切有生之伦
都被春神醉软了。
半淞园的柳丝花朵
欢喜得低昂，颤袅，
那泓葱黄色的池水
也在轻轻地舞蹈！

问　春

春之神啊，
告诉我：你家在那儿？
——在金星么？
——在火星么？
或者你以宇宙为家，
年年浪迹天涯？

春之神啊，
告诉我：你为甚匆匆地来，
又匆匆归去？
可是为这腥秽的地球，
留不住你的芳躅？

可是为别的星球，
尚有可怜的"被创造者"
你须一一存顾？

夜

净无纤尘的青天，
好一幅无边际的云蓝的纸！
玉梳一样的月痕，
水晶一样的星星，
安排出的
是什么奇字？

尘

窗缝中射进了阳光一缕，
浑夹着无数的微尘，
氤氤氲氲地
绝没有些儿的安静。
啊，好一幅人生的摄影！

云　影

望而不可即的浮云，
倒映在流动的水中，
多么的空明微茫！

失了的寻思，
未来的希冀，
可不和水中的云影一样？

时间是流动的水，
幸福是变灭的云，
可怜的人生
竟被了影儿的欺诳！

游龙华

（一）

黄浦江畔的郊原，
依然是去年的风景。
可惜我迟游几日，
那红晕的桃花
只余一半残在枝头了！
啊，时间的威权哟！

（二）

士女如云
乘着流水似的华车
来玩赏江南春色。
最讨厌的乞儿们
为甚尾着车儿不舍？

（三）

黄灼灼的菜花圃中，
坐着几个美术生，
在描写田园风景。
那个弯着拾粪的农夫，
便是画图中一位绝妙的诗人！

（四）

辉煌高峻的七级浮图，
闻是某将军提倡建筑。
一般善男信女
都称道："将军为民祈福！"

夜

（一）

荧荧的星，
你明媚的眼波
彻夜瞧着人们作梦，
不觉得疲困么？

（二）

月在云端游戏，
流光照入窗棂，
空中的旅雁，
哑的一声，

我心中陡起一个冷痉。

（三）

一切都已寂静，
那里透来的一缕鼾声？
终朝的劳倦
换得来一刻儿的眠寝——
眠寝中，啊！时还有噩梦来寻！
只有逃到"死乡"
才能获得无疆的安静！

（四）

在黑甜的帐中
睡在母亲的腕里。
——多么甜蜜的睡哟！
——多么安稳的睡哟！
可惜而今已成梦影！

燕　子

燕子——
别了一年的小朋友——
双双的坐在杨柳枝头，
呢呢喃喃的对语：

　去年的青春，
　今又归来了。

桃花虽已开谢，
柳絮又要飞了。
春是我们的先驱，
我们是春的伴侣。

斜阳红泼了的天，
芳草绿铺了的地，
一任我们翱翔，
一任我们游戏。
"自然"是我们的慈母，
我们是自然的宠儿。

他们的对话终了，
鼓着轻巧的翅儿，
掠过野塘的水面，
向着那望不断的天边，
悠然而逝。

不　眠

倘若我喝了一瓶硫酸，
将我这跳荡的心儿腐化，
你能够许我得片时的安睡么？

夜之声

（一）

阁阁的蛙声，

几年未曾听过。

不图在这热闹场中，

还有这天籁鸣和！

蠢笨的蛙哟，

你们鼓吹什么？

人们正贪着酣睡，

你们鼓吹什么？

（二）

一片哐哐之声，

使我忆起了故乡的情味。

"深巷寒犬吠声如豹"

幼年时代的印象，

又亲切的在脑中浮起！

（三）

汽笛一声

可是黄浦江中的轮船起碇？

那碧荧荧的电灯光下，

弥漫了多少别情？

"天地本是逆旅，

可怜是
逆旅的人生!"

（四）

壁上的时钟，
铁鞳铁鞳的响着。
美妙的黑夜
一秒一秒的潜移去了!

花

月光照着的桃花，
别有一般的风韵。
　月似欲言，
　花似欲笑。
却终竟悄悄相对。

疏疏落落的花影
绝像娟静的美人。
　无色之色，
　无香之香，
借问有谁人能领？

今夜的风

今夜的风
为何这般地凄冷？

天上颗颗的明星，
都好像摇摇欲陨。

"伊甸"园中的花
可已吹得飘零？
守园的天使哟，
可也觉得心惊？

我爱花的美丽，
我爱星的光明。
有了光明，美丽，
宇宙才有生命。

我恳告司风的神：
"宁可将地球吹陨！
那颗颗的明星，
都是未来的主人。"

半淞园

（一）

"逐人春色，
入眼晴光。"
美丽的半淞园
新穿上了锦绣的衣裳。
我最喜听的杜鹃，
为甚不唱首歌儿赞赏？

（二）

嫩绿，娇黄，

轻红，浅碧，

一丛丛不知名的花树——

　小鸟的乐园！

　金虫的香国！

（三）

碧澄澄的明镜

倒映着堤上的花枝，

倒映着天空的云影。

你瞧，上天下地

都怎地美丽，空明！

（四）

水面上交横着藻草，

藻草上点缀着落英。

绣幕下的鱼儿，

来往着十分高兴。

（五）

又不是秋天

怎会有红醉的霜叶。

哦，大自然的微妙哟！

（六）

柳丝，

莫肆意的摇摆，

恐惊了闲适的游鱼

误认作渔人的垂钓！

（七）

在如带的溪中

泛着两只小艇。

醉人的春风徐徐吹着；

无力的柔桡软软摇着；

我们歌，我们笑，

在自然的怀抱中，

梦一般地游行！

情　绪

（一）

万籁如死的时光，

你独肯惠然莅止，

你那苍白的脸儿，

紧贴着我的心窝，

我便止不住的泪泉如泻。

哦，我唯一的情人哟，

我是你所有的！

（二）

谁叫你翩然而来，
又翩然弃我而去？
哦，轻薄的人儿哟，
你虽然美丽如花，
可不是我同心的伴侣！

晨

曙光吻着朝云，
幻出满天花朵。
是雄伟的亚波罗，
快驱着火轮飞过。

农夫荷着小锄，
从青翠中来去。
饱浴着温柔的曙光，
忘记了露沾双足！

泪之雨

泪为情焰蒸腾，
化作蒙蒙轻雾；
雾又集而为云，
化作深宵春雨。

溉那憔悴的花，

溉那衰黄的草，

花草怒苗萌芽；

长使青春不老。

涨为滴沥清泉，

解那劳人烦渴；

润那娇鸟喉咙，

奏出天籁平和。

泪啊，泪啊，流罢，

莫向心头暗咽，

有朝泪雨滂沱，

遍洗世界大千！

夜　雨

你听！

潇潇洒洒，

淅淅落落，

多么平和，幽静的声音？

炎蒸的世界；

顷刻冰凉；

焦燥的人心，

陡然安静。

劳苦负重担的弟兄哟，

安眠罢，

莫辜负"自然"的神恩！

午　夜

一阵凉风，
半窗皎月，
几段鸡啼，
将我失去了的悲哀
从梦寐中惊起，
好像雾里的山峰
陡露出峥嵘的面目！

写寄母亲的信

母亲，不见你一年多了，
　　你衰病的身子可还安好么？
母亲，你以为我常常念你么？
　　在忧愁寂寞之中我念你，
　　在欢乐的时光我就把你忘了！
母亲，这样忘恩的儿子你值得念他么？
　　可是，我知道你在常常念我！
母亲，你恼我不写信寄你么？
　　恕我，母亲我刚待落笔时我的心先碎了！
　　一个字也写不成了！
母亲，你不常自恨不能写信么？
　　可是，我夜夜在梦中接到你慈和挚爱的慰问！
母亲，我想到你的"爱"我才觉我在世间还有无穷的安慰！

——我是为你的"爱"而生存着！

母亲，我的生涯不愿告诉你知道，徒使你替我劳心；

　　我只求你相信：我的身体不受饥寒，我的面目犹如昔日。

　　此是我感情一时的冲动，故把他记下。恐阅世愈深，忧心愈深，那时连此冲动也消灭殆尽了。

不得已

人生好像是不得已似的！

　　——不得已相亲

　　——不得已相爱

　　——不得已周旋

　　——不得已谈笑

我们不过是一群可怜的戏子罢！

枯燥的剧几时才得演完？

　　　　　　　　选自 1922 年《创造季刊》第 1 卷第 2 期

白　鸥（组诗）

白　鸥

如墨的雨云

在天空沉淀，

顷刻间狂飙快到了。
矫矫的一只白鸥哟，
归来，归来，
莫尽在那冥漠之乡游翱！

我　愿

我愿在北极的冰山中
凿就一座坟墓。
我愿长眠其间
永看着冻云飞舞！

长　昼

懒人的长昼，
如焚的烈日当头。
道旁的两行枫树
静悄悄的站着
好像渴盼着甘霖的解救！
嘶嘶的蝉声
带着十分焦燥的音调，
飘漾在这无聊的时候。
倦了的人力车夫
倚着车儿打盹，
黑瘦的颊上，
挟着尘土的汗珠
不住地滚滚交流。

懒人的长昼，
如焚的烈日当头。

疲惫的心

我这颗疲惫的心
是忧愁克服了的孤城。
哦，我情愿抛弃了他，
作一个丧家之狗，
向天涯远遁！

幻　灭

我曾乘着个"幻想"的气球，
翱翔在广邈的天空。
我看见我们的大地
披一件虹色的云衣，
正绕着日轮飞动。
群星的花园弥漫了天使的欢歌
银河的流水也合奏着仙乐溶溶。

无情的盲风毁坏了我的气球，
把我吹坠在"现实"世界。
一切的美在我的面前消亡；
一切的恶不断地如潮澎湃；
一切的回思——从前的好梦——
啊，只有使我惊恸！

白骨森森的幽箐中，
目光炯炯的鸱枭
一声声地在那里叫嚣。
好像一切——命运的囚奴——
都作了它嘲笑的资料！
哦！鸱枭！鸱枭！
在这广大的屠场里托足的群生
谁能免得你的嘲笑？
就是你也有自嘲的一朝！

自题照片

是什么风
把我脸上的笑云吹散了？！
我不信我的形骸
竟成了海中的一座冰岛！
万有的创造者哟，
人间一切福祉皆非我所乞求的！
我只求你赐我一副蓬蓬勃勃的生命力！

倦游者

"寂寞的途程
几时才得穷尽？
我是倦游的旅客，
那儿能得一瓢水饮？"

"去！去！莫踟蹰不进！
芳香，甜蜜的果子
正在你前面丛生。
只要你能摘得一颗
定能慰你劳顿。"

偶　成

（一）

黑云在月下流过，
好像十分羞怯。
云过了，
月在微笑。

（二）

蛛网上的一只苍蝇
叫出了嘤嘤的声息，
不想这么弱微的鸣音
会鼓起我心头的战栗！

幽默之景

白石齿齿的崭岩——
太古时巨灵的遗骨。
紫血般可怕的太阳
慢慢地向那儿幽谷中坠落。

暮色沉沉的空中，

飞着几只苍鹰，

黑影儿渐次地远远淡尽；

我坐在那白杨树下

青草蓬生的古坟。

不知什么魅力

缚着了我的全身，

我心头鹿鹿地震跃起来——

这瞬间我好像漂流在一个未知的世界，

四顾无有人踪，

只是充满了无边的幽静！

月

（一）

银海中的月儿——

孤寂者的情人！

你赠我幽辉半床，

我报你冰雪之心；

我宁可彻夜无眠，

守你直到天明！

假如我是颗小星，

我愿随你巡行。

假如我是片浮云，

我愿拥抱着你深深。

我能怜你的孤洁，

你也慰我的飘零！

我在林中窥你，

你是那般娟静；

我向水中窥你，

你更异样珑玲。

窈窕的月儿哟，

你便是美之化身！

（二）

你可是病了么？

你的宠儿为何那般清瘦？

我想你冰冷冷的心中

应当没有什么幽忧？

你许是失恋的情人！

从你澄澄的眼波

我读悉了你的深心——

你心中还留着情焰的灰烬！

玫瑰花的娇姿减了，

夜莺不住地悲鸣。

好个清寥的宇宙，

都为你黯然销魂。

檐　溜

扰人眠睡的

单调的声音——

长夜漫漫，

我只渴望着鸡鸣！

海　滨

望不断的海，

望不断的天，

天水交溶的远方——

灏灏茫茫的一片。

自由的鸥鸟哟！

我怎能加入你们的远征队中

去看看蓬莱的海水清浅？

你瞧，窈窕的波神

正在乐飨太阳的晚宴！

你瞧，那儿的灵光烂漫，

环佩玎琮，舞衣翩翩——

那是何等壮丽的华筵！

窈窕的波神哟，

你能饮我一杯醇酒，

分我六尺波田，

让我陶然醉去，

赢得一忽儿安眠？

归去！归去！

沉醉了的太阳

快禅位给庄严的美夜。

沉默的，哲人般的长庚星
已升上了银蓝色的西天。
万籁从静中吹起——
隐约中似有"天吴"的歌声曼延。
哦，你和平静穆的自然，
已把我全部的灵魂席卷！

河之哀歌

故山的云木——
我旧时的伴侣！
你犹是矫矫凌空，
我却已成了汗渎！

我悔不应恣意奔流
离去我幽洁的故居。
我只盼着自由的乐土
忘却了辱在泥涂！

我经过了赤灼的沙漠，
又来在这死荫的幽谷，
我只有饮泪哀歌
慰我生涯的寂寞！

去，去，莫复回头，
纵回头，已非吾故。
那儿浊浪滔天

便是我葬身之处！

秋

秋风，你似无情，
却是多情！
你从海外飞来，
扫尽衰黄的树叶
如一群败北之军。
你使功成者身退；
你使潜伏的萌芽
准备着明岁的新生。

秋风，你衔的使命
可是为显现造物者的权能？
一切有生之俦
被着青春的彩衣，
沉迷在浮华的梦境。
你来了，为他们揭去彩衣
为他们吹消梦境
教他们觉察宇宙的真形！

读耶稣传

"狐狸有穴，
飞鸟有巢……"
——血泪中迸出的呼声

我真不忍重读了！

你张着慈母般的双臂
欲将全人类来拥抱。
可是，他们是亚伯拉罕的子孙，
你不过是异端，左道。

你涕泣而求的良心，
已被他们敝屣了
你在十字架上的祈求
怕只有上帝知道！

可怜你伟大的牺牲
只成了他们说教的资料；
他们心中筑着撒旦的王宫，
口里却称着你名祈祷！

春　晨

黯黯的初春之晨，
东风犹挟着几分寒冷；
荒废的草地，
渐被着翠色森森。
我彳亍街头，
仿佛置身在重重的梦境！

裸树的纤枝

似从沉睡初醒，
禁不得凄风梳栉
只微微地颤袅——无声。
东君，万汇皆在翘首盼望，
你还不带着锦绣来临？

我是个迷途的倦鸟，
正梦想着：馥蔚的青林——
那儿我可以建一小巢，
那儿我可以眠息安稳。
东君，你不应我的祈求？
为甚尽量表出你那般冷淡的心情？

黯黯的初春之晨，
弥漫着一天幽恨！
骗子般的韶华
来去俱无有踪影。
只有凄风不断地吹
吹醒人间的梦境！

病 里

病里的心情，
止水般的平——
思想之流断了，
空洞洞的心房中
也没有忧喜叩门。

我忘形于一切了

仿佛我之未生！

选自 1923 年《创造季刊》第 2 卷第 1 期

蒂 克

|作者简介| 　蒂克（1918—1965），山东潍县（今山东潍坊）人，原名考昭绪，又名考城。1937 年考入因抗战迁入乐山的武汉大学外文系，其间曾深入晋南战地，参加抗日救亡工作。大学毕业后在昆明的美国飞虎队中任翻译。1943 年在四川乐山主编《诗月报》。中华人民共和国成立后，先后在上海《新民报》、北京市文学艺术联合会等机构任职。著有诗集《小兰花》，短篇小说集《旅途》《黎明前》等。另有大量作品散见于《枫林文艺》《现代文艺》《诗星》《诗丛》《火之源》等报刊。

暮 秋

绯云拥着遥远的群山，
暮霭在荫林之旁颤抖，
鸿雁在碧空鞭上了一条痕印，
羔羊伴着秋草倦眠，
啊，雁呀！

凉风吹冷了你的温情，

你，

带着眼泪南旋了，

你北国的忆念中——只有辛酸！

晚霞染红了林梢，

新月睨视着幽静的虹桥，

虹桥吻着潺湲的流水，

寒蝉叫白了路旁的青草！

我痴痴地望着天边——

那是沦陷的家，

云从家乡飘来，

可曾带来慈母的消息？

云的绯色脸庞，

是被敌人气红？

还是溅上了谁的血痕。

二十九年晚秋于四川嘉定

选自 1940 年《黄河》第 10 期

血　仇

——盘踞府城石壁（晋南地名）之敌西窜，余与工作同志赴灾区访问，目睹敌军兽行遗迹，不觉泫然。

毁灭的村庄，

穿上了一件破烂的睡衣，
凄风无情的掠过，
卷来了一阵阵血腥的气味！

寂寞给村庄
不见半个人影；
鼠、蜥蜴
任意地爬进爬出
没有半点儿顾忌！

树，烧焦了枝丫，
房屋只剩下了
坍塌熏黑的墙壁！
鸽子踯躅在废墟上低徊，
日之夕矣，
她们，何处归栖！

是谁家的狗？
瘦得骨撑着皮，
伏在瓦砾堆上，
啃着婴儿的残骸！

乌鸦背驮着斜阳，
衔着谁的柔肠飞去？
无辜的牺牲者啊！
你的慈母可曾知道
这悲惨的消息！

灰堆之旁，

僵卧着一个头发蓬乱的女尸，

两乳已被割去，

钢刀直插于

血肉模糊的下体！

她痛苦的睁着白眼

死瞪着

灰堆里冒出的缕缕烟丝！

呻吟在墙角下的老人，

菜色的脸上

纵横着血泪的痕迹！

黧黑的皱纹内

蕴蓄着洗不掉的字句：

"可恨的日本鬼子，

是我永生的仇敌！"

是谁流下的鲜血？

凝结在峥嵘的石上，

做了中华男儿

誓死不屈的标帜！

软软的泥地上，

深深地印着鬼子兵的足迹。

啊！

这铁蹄践踏过的泥沙里

含着多少愤怒，

多少血泪！

风呜咽的狂吻着大地，
却吻不掉这血腥的伤痍！
阴雨，淌下了同情的泪水，
也洗不掉这仇恨的印迹！

啊！
鬼子踏破了华夏，
玷污了我们美丽的大地！
在这华夏的一角，
印上了罪恶的烙痕，
播下了四万万人仇恨的种子！

看！
太阳散放出红的光芒，
给大地披上了一件血的征衣！
灿烂的金光
向黄帝子孙悲壮地默启：
"唯有血的战斗
才能歼灭暴敌！
唯有战斗的鲜血
才能把耻辱洗雪！"

选自 1941 年《中学生》第 40 期

不是我的城

像一只停泊在寂寞里的小船，
拍击着希望的水花，
从远方，我低唱着水花似的歌，
来到这被人们称赞着的山城。

云雾，像一张忧郁的面网，
模糊了我的迢遥的视线；
而雨，又向我诉说着
那些使我不能不哭泣的事情。

我的白色的裤子，
溅满了肮脏的泥点；
汽车咆哮的驰过，
把泥泞的街道弄得更为泥泞。

在一条下坡路上我摔倒了，
我是永远不会把这身污泥揩掉的，
它，使我牢牢地记住：
山城的街道越踏越为不平。

我又要挂起被侮辱的帆，
驶回我的荒僻的穷困的小港，

那儿，我们善良的女儿们在等待着我的歌，

那儿，有镰刀和锄头伴着我的歌声。

选自 1945 年《诗丛》第 2 卷第 1 期

杜　谷

|作者简介|　　杜谷（1920—2016），江苏南京人，原名刘锡荣，现名刘夸蒙，笔名刘湛、周若牧、林野、芳夏、林流年、蒙嘉等。早年就读于中央大学附属中学，1938 年考入成都航空机械学校，开始在成都《文艺后防》《流火》《华西文艺》《华西日报》等报刊发表作品。1940 年底到重庆，进入重庆文化工作委员会文艺组工作，并在《抗战文艺》《七月》《诗垦地丛刊》等刊物上发表作品。1944 年夏，考入四川大学历史系。曾先后组织参加了华西文艺社、平原诗社和四川大学"文学笔会"。中华人民共和国成立后，先后任职于中国青年出版社、四川人民出版社等机构。著有诗集《泥土的梦》，诗文集《杜谷诗文选》等。

故　乡

血迹斑斑的故乡呀
我怀念你
因为我是由你污湿的泥土喂养大的

从小

我就和一群污秽的孩子们

饥饿的孩子们

褴褛的孩子们

在你广大的土地上

打滚

脸上涂满了泥垢

向三月的风

吹起呼哨

从小

我就和一群粗野的孩子们

无赖的孩子们

穷苦的孩子们

在你辽阔的土地上

咀嚼着时代的苦难

爬行在贫困的泥泞里

而当我们开始知道以恐怖的眼

张望世界的时候

在祖国的天空

风暴起来了

我们孩子们像一堆草叶

都被这旋飞的

风暴

吹卷起来又散落在四方

我就从此与你远离

颠仆地在山地里流徙

血迹斑斑的故乡呀

我怀念你

在那个头戴着爆竹的花的除夕夜

在一年的最后的一个梦里

我看见

你伸着受伤的手臂向我招唤

我看见我们的仇敌

正在你阴湿的土地上

探伸着凶残的魔钩一般的手爪

撕裂着你的皮肤

你黑色的泥土里

浸淫着殷红的血液

我看见你憔悴的破烂的脸

你往日宁静的田庄

都毁倒成为颓坍的废墟了

江港也像死了的一样悄寂

疏落的荒凉的村市

瑟缩地倦卧在寒冷的夜道中

不停地颤栗

平原无声地睡着

往日的梦都已经逝灭了

那红烛的梦

炉火的梦

花花绿绿的年纸的梦

都已经破碎

装饰着那从惯常的惊悸里

生长起来的孩子们童年的王国的是

苦难与杀戮的恐怖

……

血迹斑斑的故乡呀

我怀念你

我突然看见我的那些童年的伙伴们

从深密的森林里

出现

他们都已长得这样高大了

像一座一座钢铁的雕像

他们的脸上

闪着背负了苦痛的重载的光芒

我看见他们

战斗的铁流

悄悄散步在广漠的夜野上

向在镇集里

燃烧着我们的房舍

围着火焰狂唱的仇人

射击

他们还和往日一样饥饿和污秽呀

他们还和往日一样粗野和无赖呀

他们还和往日一样穷苦和褴褛呀

他们还和往日一样在你灾难的土地上打滚

虽然在这冻结的

一年的最后的夜里

仍然把他们一颗火星似的生命

在无垠的雪地上

开起无数鲜丽的红花

为了要杀那要叫我们死的

仇敌

他们顽强地在你那血的泊里

仆倒了而又爬起

只有我，你的不肖的孩子呀

却长久流走在外地

选自 1941 年《文艺月刊》第 11 卷第 7 期

泥土的梦

泥土的梦是黑色的

当春天悄悄爬行在北温带的日子

泥土有最美丽的梦

泥土有绿郁的梦

葱森的梦

繁花的梦

发散着果实的酒香的梦

金色的谷粒的梦

它在梦中听见了

田间的刈草镰

和风车水磨转动的声音
和牲牛低沉的鸣叫
和在温暖的池沼
划着橘色的桨的白鹅的歌曲

它在梦中听见了布谷鸟
和斑鸠和红襟雀的歌
和河岸上孩子们奔跑的脚步

我们那从南方回来的漂亮的旅客
太阳，正用它金色的修长的睫毛
搔痒着它
春风又吹着它隆起的乳房
它秀美的长发
它红润的裸足
又吹接着它的宽大的
印花布衫的衣角

而一天夜里
旷野降下滂沱的大雨了
雨以它密密的柔和的小嘴
不停地吻着泥土
热情地摇拍着泥土
激动地抚摸着泥土

泥土渐渐从梦里醒来
慢慢睁开它的亮而黑的大眼

它眼里充满了喜悦的泪

看我们的泥土是怀孕了！

四一、三日

选自 1941 年《七月》第 7 卷第 1—2 期

江·车队·巷（组诗）

江

暗哑的江
瘦弱的江
来自荒远的山中的
古老的江
你是病了吗

在冬天的灰沉的天幕下
你沉默地流过城市的边沿

当更深的夜
你江上沉落着潮湿的雾
我仿佛听到你无声的
悲哀的啜泣

是吗，你
你是不是回忆起
绿色的六月
羞惭你失去了洪水时节的
强壮的力？

不，你不要悲哀
你不是还
为祖国
从星散在你身旁的僻小的村庄
运来了城市的食粮
你不是还
为祖国
载运了大队的兵马
向东方去
征伐它们的仇敌吗？

喑哑的江，
瘦弱的江呀！
你不要再
悲哀吧！因为
春天
又要来了。

车　队

广袤的

辽阔的
祖国的原野！
我每天大早一爬起床
就跑到窗口
向你问安好。

今天我看见
辽阔的江的对岸呀！
有来自南方的
载重汽车队

它们披一身尘沙
从遥远的山中
那覆盖着雾的轻纱的
红色的草坡上
出现
穿过疏林
唱着歌迅急地奔来。

唱着愉快的歌
唱着发散着蓝色的海水气息的歌

到了渡口
像耸立在山岗上的，祖国的
发光的大城
扬起手

它们排列着爬上渡船

过江来了

眼里射出亲切的光辉

伸开手臂

啊！母亲

它们的眼里流下

欣悦的眼泪

它们载一车南国的温暖

开进了祖国的怀抱。

巷

破碎的巷

坍倒的巷呀！

我看到了

灾难的风暴

刮过我们城市的废墟

你破碎的窗棂

你坍倒的楼

你无遮的庭园

你无顶的房舍

你烧断的墙

你横七竖八的木柱

……

都掩着憔悴的污脏的脸
只把焦黑的疤痕
悲哀地裸露着

扶着那
年老人的牙齿似的一段危墙
在破瓦堆上
一拐，一拐
艰困地走着的
老母亲
你脸苦痛地皱结着
喃喃地诅咒些什么？
是的，我知道
我们每一个
每一个祖国的子民
心里都种着仇恨。

四〇冬末写于楼上

选自 1941 年《抗战文艺》第 7 卷第 1 期

西　部

当我从黎明的
阴湿的草地上走过时
看见你

神秘的西部群山呀
你披雪的峰尖
戴着金色的冠冕
坐在遥远的
遥远的，盆地的边缘
向那从深郁的林中升起的
太阳，呼唤着早安

原始的西部边疆呀
荒凉的西部边缘呀
覆盖在长年凝结着
冰雪的山脉底下的
西部的边疆！
你好
你辽阔的古代的森林
你蓬垢的粗犷的居民
你好
你白色的咸土的池沼
你丰饶褐色的矿层

听我的召唤吧
看啊，我遥遥向你举起手来
深埋在
千年的岩石底下的矿层呀
仰卧在
蓝色的天空底下的池沼呀

栖息在，蛮深的草莽底下的
居民呀
从你们泥色的梦中醒来吧
蜷伏在，狭长的山谷底下的
森林呀
歌奏起来吧，跳舞起来吧
从你古老的
古老的，被深密的叶封闭的梦中
响起了丁丁的音乐
是的，我们要
砍伐你粗大的木干
在大地上
建筑起新的城池和市街

我们要来了
原始的西部边疆呀
荒凉的西部边疆呀
我们要来开垦你
肥腴的处女地
探采你深埋的金砂和木材
在你池沼的浜岸
种植玉蜀黍，粟米，青稞和小麦。

选自 1941 年《诗垦地》丛刊第 1 期

春天的歌（组诗）

春　天

春天像一个吉卜西的少女
披着斑彩的绣衣
眼望着它永久的情人
太阳，流徙着
从南方旅行又回来了
春天从不走进城市的门
城市是污秽的
在阳光的晒射下
市街扬飞着微菌
发散着垃圾的腐烂的霉味
春天在旷野和牧场
和没有人迹的地方

果　园

谷中是静谧的
只有布谷鸟催耕的歌
割破湿绿的清晨的宁寂
只有池沼旁灌木林里
深密的阴湿的灌木林里

红襟雀和斑鸠纵飞着

听见群鸟的歌叫

修剪果树的来了

他裸足走在黑柔的泥土上

口里吹着芦叶

选自 1941 年《政声》第 2 卷第 8—9 期

在村落中
—— 一些零碎的对于泥土的恋歌

一

1

"我从梦你的梦里起来"

昨夜　我看见月亮坐在阴暗的山坡上

坐在湿绿的蓝色的雾中哭泣

他底脸　可怕的苍白

最后疲倦地站起来走了

沿路低微地凄切地叹息

从树林底背后频然地跌落

我从梦你的梦里起来了

我底穷陋的荒凉的小村庄

你蜷伏在山坡底边缘，在低迷的蓝雾里
你瘦嶙地无力地在夜底深处站立
我打开了梦底门扉
为了刚才月色底凄清
你蓬茅的睫上留下冰凉的泪迹
我心里还记得昨夜在深郁的林里
我们听到的秘密的可怕的低语呀

2

啊、睁开你困乏的眼睛
啊、掠起你披散的头发
看到了从那遥远的，遥远的
低矮的绿桥似的大地底轮线
阵阵的晓风从那边吹来
那边，黑沉的葆茏的森林
已在长夜的怀里醒来了
披着透明的蓝穹
为宇宙作静穆的早祷
而那广袤的无边的原野
也在风吹中站起
慢慢褪下它稠密的黑衣

3

嗳啊，我听见了黎明底风底歌唱
听见蓝郁的森林底歌唱
群鸟底歌唱
河流底歌唱

太阳底卫队
如带的斑红的云的歌唱

刷落沾结在我衣上的泥尘
让我忘记那些悲哀的记忆吧
我听见了军号底歌唱
钢铁厂底歌唱
走过林中的农民底歌唱
市街的那边，隆隆的车辆底歌色
那迢远的，高插入云的山尖上
那矮小的伞似的孤树
愉快地摇摆着头的歌唱

柔和的优美的交响呀
从你我嗅到国土底醇香了
从你吹散了我梦中的忧悒
从你庄严的和谐的音奏
我听到了人类底希望的序曲

4

我赤裸着足
在村庄底修长的石路上
我笨拙地歪跛地走着
我从阴暗的狭小的窝里出来
投身到大地底温暖的池沼了

风呀，抚摸着青色的天幕

风呀，吹拂着原野底裙袂

在醉人的草和水沫底气味中

在树皮和潮湿的尘土底气味中

在淡黄的碎小的稻花的气味中

我底一切不安和烦恼

都冲溃，溶化而消失了

你呀，你宁静的站在堤上的

修瘦的乔林底行列，我又看见你

你安闲地停在水田的白鸟

和你，

你沉默地走在陌间逡巡的农民呀

我深沉地望着你们向你们

投掷最大的爱慕和尊敬呀

因此，我要到树林底那边去了

到那些新造的木舍底窗前

那结着火焰似的花的紫荆树下

向那些从城里来的人呼喊

起来，难道昨夜你们都

这样悲哀而致于疲倦吗

难道昨夜你们并不曾安静地睡吗

你们不能早些起来

在这黑色的油膏样的土地上跳跃吗

昨夜，月华如水的时候

你们在那白石的桥上唱出的
挑情的歌声
为什么暗哑了呢
你懒惰的人们
看啊，太阳应了万人的底企望
撑着它金色的伞来了！

5

来吧，来随我，进森林中去
森林仿佛一只绿玉的杯
盛满了阳光金色的乳液
来和我走在黎明的风中，你呀
为绿郁的灌木梳直它们底乱发吧
你去打扫林中鸟群脱落的羽毛
你修齐道旁茂密的深草
去召唤那些原野底歌手们来
在树尖弹奏起各色的琴弦
叫柔风轻轻地轻轻地吹过
吹动大地上繁花的小铃
然后打开那
低矮的，湿掩的茅舍底门扇呀
让第一道阳光射进阴湿的门槛
啊　我们底古老的国土
这是你庄严的受洗的圣礼
你站立在原野的
丛林的行列
村庄的行列

和你头上结着白巾的辛困的农民呀

让我们低头为温暖的新的日子祈祷吧

是的，请你们

请你们给我最大的宽恕

为了我长久地病着

我底声音是这样低沉而且嘶哑

二

1

我呀，一个贫穷的流徙歌手

背负了失去土地的耻辱

走在西部中国村庄与村庄之间

好像一个倾家的浪子

今天我知道了即使一个铜子对我的价值

那坐落在肥沃的河流底滨岸

那修饰着雨中的喇叭花与金银花的

我底童年的王国

已被敌人狂暴的蹄踏成泞烂的泥沼

今天我底脚底沾结着异乡的尘土

呵，我从一座陌生的城里落荒出来

又投到旷寂的披花的村庄里了

我每天走过歪倒的破坍的市集

向原野底深处走去

在荒莽的山坡上哑然默坐

冗长地，冗长地

对寥廓的原野做无声的对语

然后我站立起来
叹以无比的忍耐
向天空底边沿，白云飘起的地方
穿过绿堤和田间的水道
永远地，永远地走过去
以我赤裸的双足
走光我们辽阔的绿色的国土

2

让我以踝足抚摸我们国土底
每一粒细小的泥沙呀
我不停地在乡村里走来走去
走到每一条湮没的小径底深处
我以童年的好奇的心情
叩询着原野幽深的奥秘

昨天我走到低芜的红土的谷中
倾听遍地的□□
走过一个阴湿的池沼底边沿
看见密密的萍草像浪底眼睛
从那绿腻的死寂的水上
正露出一个暗淡的日轮
我在软泥上留下迟慢的留恋的足印
我对日轮沉思它一天的旅程

最后我走到那荒凉的小河底上流
那里斑鸠，梅雀和蓝翎鸟在覆草的河床上纵飞着
我坐在巨大的笨拙的水车底旁边
凝望那从空中跌落的烟濛的水沫
在这没有人迹的旷野底幽僻的角落
我以我整个的忘忧的灵魂
沉听着我们国土底静谧的呼吸

3

但是今天我又病倒了
这潮溽的阴暗的草地
使我患着永不痊愈的风湿的恶症呀

我躺在晦暗的霉绿的草舍
从木格的窗中我看到灰漠的天穹
白羽的鸟在树林上低迴着
纵飞的麻雀箭似的飞过

下午，我在苦痛沉迷中醒来
听到稻草的檐上啾啾的鸟喧
你这褐色的盆地底
难见的稀客
描着窗褛底斑纹
你在我床上洒落一片温暖的阳光

那消瘦的塔似的，美丽的松树哟
"像蓝雨一般，天色透过你"

你标直地站在窗外的田间
你在以恋人底温柔，无语着凝望着我

啊，旷野底诱惑呀
但今天我是个疾病捆绑的囚徒了
抛我到林中去吧
抛我到山坡去吧
我底好心的朋友们
因为我底骸骨终归要化为大地底泥沙啊

四二，一日病中

选自 1941 年《诗垦地》丛刊第 3 期

夜的花朵

星是如此斑灿呵
夜的花朵
风也如此地柔靡……

夜是太静谧了的

今夜天上想有豪华的酒宴

繁星在交列着银色的灯烛

今夜天上仿佛三月的果园

海百合照着柔媚的□波

那么，倦寐的人们
打开你们的梦的门扉吧

愿弦月的银波流进你们的梦
让你们疲乏的骚乱的灵魂得到安睡

看，迢遥的
那不夜的城市的灯火
在天上结一朵萎弱的黄花呀

明天，阳光要燃烧你们的窗帘
从沉寐里起来，你们会看见
原野上到处开出了花的树……

选自 1942 年《人世间》第 1 卷第 2 期

耕作的歌（组诗）

耕作季

怀念耕作的季节
四月
潮湿的风向平原吹

杜鹃花又开了，像血
迷醉地倾听微风的口笛
宁谧的牧草田
在黑色的梦中沉睡

就在池沼的边沿
那笨拙的牛
何等傲慢地走着呵
傲慢地
迈起它泥污的脚蹄

现在
我们回来了
纵使我们的村庄化为灰烬
我们的田园如此的荒芜

我们的久别的土地呵
敞开你沉郁的胸膛
银亮的犁
要为你蓬乱的田亩梳理

我的心喜悦
今天，终于我又看到你
看到在你新耕的潮暗的土壤里
我自己渗流的
湿红的血迹……

雷　雨

广阔的
雷雨啊……

在这边
我激切地呼喊你

我会站在瞌盹的小枞树下
在田间渴望地伫立

我们的谷物疲乏地在日光中熟睡
好久
我们没有听到过雨的口哨了
在血红的夕阳的背影里
稻禾絮絮着热病的梦呓

那沟渠的黑色的泥床
也皱着忧愁的眉
我们的水车
早早喑哑

今夜
你造访了我们的田庄了
隆隆的雷鸣
摇着低矮的窗户

风摇着林莽

戴在白杨树尖的

新月的麦草帽被很快地除去

信号一样

森蓝的闪光刷过幽暗的路

听，澎湃的交响呵

大雨向原野倾注啦

哦，打开我们的门吧

孩子

喧哗的繁闹的客人

来看我们了

我们这样长久地分别

不再想起那些焦灼的日子

在梦中

曾流过怀念的眼泪……

把我的斗笠拿来吧

现在，我想出去！

明天，我们要收割

长的夏天已经过去了

明天，我们要收割……

早晨

听到雄鸡愉快的啼叫

成熟的季节

稻粒像露珠一样饱满呵

每天在村庄逡巡

从田间走过

沉重的穗子

鞭打着我的胸脯

好，收拾我们的镰刀吧

我们等候得这么久

这么久

我们在山坡上守望

多雾的月夜，昨宵

夜夜，让银河吹来的星光

洗沐我们的睡眠

那么

要打扫我们的仓库了

我们的风车要修葺

我们的镰刀收割过头颅

明天

我们要收割新谷

门　哨

门里，伽蓝神底庄严金身
映琉璃灯光持杵而立，
门外，浮云和淡月底浓彩里
你，执枪者
铁黑着脸。

歌咏队女队员

整齐年青的牙齿
多像一列洁白无尘的钢琴键盘，
那有多少好的
歌
好的笑？

排

整齐的行列和整齐的动作
一样的颜色和一样的精神
五十个人于是成为
一个，
而步伐底声势有如暴风雨来了！

选自 1944 年《抗战文艺》第 9 卷第 3—4 期

在西部盆地（组诗）

在西部盆地

我是一个会唱南方乡曲的孩子

我褴褛的衣上有湖底气息

我有繁花的记忆，

我有银夜的记忆，

我有披花的村落

淋着蒙蒙春雨的记忆，

我有蓝色的渔港的记忆，

我有坐在那吉卜西姑娘的绣衣似的

紫色的牧草田里

为我底女王编加冕的花冠的记忆，

我有绿郁的堤的记忆，

我有帆的记忆，

我有岛的记忆，

我有三月的黄昏

坐在白石桥上

为你吹如梦的芦笛的记忆。

但今天你看见我污破的衣裳

我蓬乱的发上结着草末和尘泥

呵，我久已不进城市底门了，

我不停地在湮没的乡村里走来走去！

每天我坐在树旁和村街的路上

向这西部盆地朴直的农人

向这原野粗犷的子民

拨动低哑的琴弦，不倦地

为他们弹奏，对于泥土的恋歌呀

树之歌

你永远地，永远地站在褐色的小坡上

你永远地，永远地佝偻着腰

你巨大的伞似的楠树呀

你蓬蓬的叶盖好像宽大的袈裟

你好像怀着旷古的悒郁

你永远以悲悯的眼睛守望这沉哀的国土

我在风中看到你

我在雨中看到你

我在冬天凄清的月夜

也看到你怪兀的孤独的黑影

我曾安静地坐在你底脚下

谛听过你底苦痛的独语呀

你看见过这原野上的春水繁花

又看到它底凋零寥落

今天有迤逦的西风刮过这西部山地

贪婪地舐着枯萎的褐色的泥土

我躺在你底脚下，仰望这雾季底灰沉的天穹

我看见你在风中叹息

在风中落下忧伤的老泪

你是这盆地底永久的哀悼者呀

你是这旷野上不逝者的老僧

你常听到那村庄里底贫穷的无告的农民

坐在你底旁边伤心地哭泣

你曾见往年有一群疯狂的亡命人

旋风似的跨过这广阔的大地

在你底身旁散落斑斑的血迹

你见过村庄底破败，市集底衰落

你凄凉的飘摇的一生

充满西部中国冗长的不幸和灾难的记忆

啊，你古老的，嶙峋的楠树呀

你在西风中呢喃

你在苦雨中唠叨

今晚是一个密星的夜

我从窗中远远看到你

你披着蓝色的幽明的微光

向那从森林里出现的金色的大星

你举手申诉些什么呀

西部底黄昏

如带的云一天一天的暗了

这是西部底阴湿的黄昏

满月像一顶金色的麦草的凉帽

平静地在葱茏的灌木林上

我独自在旷野走过

梦见一个伶仃的旅人在长路上对落日痛哭
在桥下我看到一个苍斑的农夫
赤足在水中用手挖掘河床的泥土

村庄是如此岑寂呀
瑟缩地无声地蜷伏在蓝色的暮烟里
兵士们底号角也沉默了
昨天他们向远方，向敌踪密密的远方去了
留下了落寞的营宅
和坍倒的墙，和零乱的草屑
和一个黑衣的长发的姑娘
裸足坐在宽坦的麦场上
她低低地唱着一支粗野的歌
她手里编结着黄色的花环
最后她慢慢的抬起头来
无言地凝望遥远的城市底灯火

村庄之冬

枯索的日子
无光的日子
蓬松的微雨
在暗哑的萧落的原野上
结着迷蒙的网
那走过修长的村路的
独轮车底尖锐的呼号
幽灵似的叫着过去了

一条深陷的辙迹
消失的空疏的落叶林里

在那披裸褐色的丘坡上
那白布缠卷着头的农夫
背负着墓碑似的苍黯的天空
好像一个悲哀的掩埋者
迟缓地犁掘着精光的大地
那走在畦间撒着豆子的
沉默的悒郁的女人
也像一个凄楚的寡妇
低头走过亡人底墓道呀

雨中的默想

啊
无终止的霉雨啊
无终止的霉雨和无终止的晦暗

我坐在乡村底树下
长久地长久地默想着

在我瘦弱的胸中
回漩着无比的憎厌
无比的烦哀和无比的苦痛

因为，从灰沉的天空

我又看到了
雨季底踪迹呵

我要走了，我跛足
走过泥泞的村路
在那弥满湿雾的草坡上
我想吹起我底角笛
向远方

咳呵，无限广阔的远方呀
汹涌着旷古的洪流的远方呀

我常常在默坐中
思念你
贫穷的小城，荒凉的村落
和枯瘠的土地

在这阴暗的褐色的地域
这潮溽得使我患着风湿的国土
听呀，淫纵的歌吹与不平的呼喊
在永无终止的雨中
交响着骚乱的悲哀的音乐呵

选自 1942 年《力报》副刊《半月文艺》第 20—21 期

破败的城

——小风土画集之一

破败的城呵

山黄花开在坍倒的墙上

城堞被羊粪和褐蕨深埋

小街冷清

人民瞌睡……

昨天曾喧哗在集日的街上

带着铜锁、洋袜、火柴、布匹的小贩

昨天曾逢集在林荫市场的

摇铃的郎中，牵狗熊卖药的江湖人

游方僧，算命堂卜的盲者

张了巨伞卖汤锅面食的师傅

乞食的娃儿

却去了黄桷树下的空坝

越过山间的石路

远去了

去到别一个山中的乡场

昨天曾拥塞在铁匠店前

修理他们祖父留下的犁和锄钯

蠢动在汗污的人堆里

香蜡铺油坊酒店的门口

从穷山野凹渡河而来的

乡坝佬

年青的小媳妇

皱纹满面的老婆婆

却背着柴束、麦麸、晒干的茶叶

背着田间新摘的玉蜀条

赶着号哭的猪

提着十个鸡蛋和一篮栀子花

在城门外的大石桥上拥来拥去的

乡坝佬——

早散了

带着空荡的箩筐

半升米、一刀钱纸、

一把香、和一封香烛

丢了牵来的羊

醺醉

在日落时分

跋山涉水地回去……

现在，留下一条冷淡的荒街

留下黄昏的风吹过

那个昨天在米市上掌斗的红鼻子

昨天还用斗括子凶恶地敲打那个

老实的笨拙的小民的

经纪人

瞌睡在冷清的茶馆里

而人家的门都掩闭着

没有人

只有蒲公英开在墙脚下

春天无声地在野外徘徊

而纺车在呜虎呜，呜虎呜地响

好像在烦厌地推开阳光的邀请

好像说："不要打扰，够了

我们活着就是为了赶赶场

我们还能做些什么呢？

让我们歇歇……"

唉，是的，

让他们歇歇，

他们的日子好像堆满尘土的窗子……

城是破败的

一街冷淡的日光

白昼静寂

人民瞌睡……

四四·五月蒲江山地。

选自1945年《流星月刊》第1卷第1期

初起的爱

在我们的心上有什么花要开？

  呵

请你告诉我

为什么今天我觉得这么欢欣

我像是海上一支初航的白帆

昨夜的梦里

充满了春汛，白鸟

透明的蓝雨

和日光……

叫人不能安静了

这秋天的温暖的夜

心在青春的苏醒里泥醉

而面前盛宴的桌上

杯里满溢着献身的欢喜

呵，困苦的磨难

只不过在明亮的前额刻上衰老的痕迹

我们还是多么年轻的生命

河流响了

云起了

牧场上到处是军号

走吧，走吧

这二十五岁的年轻还必须在土地上开花

一九四五年八月·成都

选自绿原、牛汉编：《白色花》，人民文学出版社，1981 年

范方羊

|作者简介| 范方羊，生卒年不详，成都平原诗社成员，曾在《新蜀报》等报刊发表新诗。

诗二章

那　边

我想起了那边
这江流底彼岸的
　　丛山后的丛山后的
　　远远天角下的那块地方
那云霞以外的远方

我想念着那平原
那辽阔的田野
那茅舍，蓝烟，蓝烟外黑黑的林子

土坡上的鸡们，田径上的牛们

和牛们下了水塘

用鼻子吐着气，蠢极了，蠢得可爱的样子

还有冬天底雾的静穆的早晨

背着大箩筐，踉跄的人影

牵着牛的，扛着犁的

和那犁头挑起的

黑油油的黑眼仁一样闪光的泥土

和那座城，那些古老的村镇

　　灰色的瓦屋

　　灰色的街道

　　灰色的人

　　灰色的日子

都一样使我温暖

都唤起我快要流泪的情感

和那明朗的或是阴沉的天空

我想哭起来……

晨　歌

自然给我安排了这样一个好的时辰

叫我早早起来，听她心底跳动

这江流是如此轻缓地流着

和那庄严的群山，高高的天

沉睡的，清醒的，睡眼惺忪的乌篷船

和白帆船，和船夫舟子辛勤的操作

都形成这一个宁静的和谐的生的整体

我听见一切沉默，我听见一个声音

那只是这一个广大的心灵的跳动

那节奏，拍人我底有形，和我底无形

于是我浑然幻入这辽远的天野

鸟语花香便都成了多余

于是我读到了诗，第一首真的诗

伟大的质朴的明净的诗篇！

选自 1942 年 5 月 21 日《新蜀报》副刊《蜀道》

露天茶座

——呈若嘉

我们就这样坐上茶座

一张木凳扣两碗粗茶

看山，看树，看人，看天

享受这一份廉价的清福

在这苦热的烟尘之都，我们

也应该有这样一刻安闲

舒口气摆脱一切，回到自然

可不是，一年来什么全厌了，却还

唱不完这古老而又新鲜的爱情：

爱山，爱树，爱月和太阳

爱编织一些如画的人生远景：

一仰头两眼空空，茶座上
分明还是那一派稚气的豪情，
满腔抱负，我们
热腾腾又托出一个透明的梦，
待开的花。从心底一声笑，便把
什么都忘掉，忘了人，也忘了我……
可是为什么，我们
总爱说起那座城，那古朴的
平原之都：我们住惯了的老地方？
忘不掉的该是那里的天和地，你说
你要回去，你说我也该回去了
我这双远还没有落定的脚，也真想
重踏上那秋月槐荫下清冷的街道。

选自 1942 年 8 月 5 日《新蜀报》副刊《蜀道》